あ・は

か・ま

さ・や

た・ら

な・わ

三省堂

# 現代女流川柳鑑賞事典

田口麦彦…［編著］

三省堂

[編著者]
田口麦彦（たぐち・むぎひこ）
一九三一（昭6）年、アメリカ・アラメダ市生まれ。
川柳作家・コラムニスト
川柳噴煙吟社副主幹
日本大学法学部卒
日本川柳ペンクラブ常任理事
㈳全日本川柳協会常任幹事
読売新聞西部版「笑福川柳」選者
NHK熊本文化センター講師
第18回三條東洋樹賞、第22回熊本県文化懇話会新人賞、『三省堂現代川柳必携』にて第23回熊日出版文化賞受賞。
著書に『三省堂現代川柳必携』（編）『三省堂現代川柳鑑賞事典』（編著）『川柳表現辞典』（編著）
『川柳入門はじめのはじめ』『川柳とあそぶ』『現代川柳入門』……他多数
監修解説に朗読CD『川柳の楽しみ』（キングレコード）
「神奈川大学評論」（神奈川大学）にコラム（川柳で読む21／20世紀）連載中

◎

[装丁]……三省堂デザイン室
[装画]……安田みつえ

## 【まえがき】

この本は、既刊の『三省堂現代川柳必携』『三省堂現代川柳鑑賞事典』に続く三冊目の事典である。

『三省堂現代川柳必携』を作品紹介のX軸とし、『三省堂現代川柳鑑賞事典』を作家ひとりひとりにスポットを当てたY軸とした。

両者あわせて立体的な川柳パノラマを見ていただけることを願った。今回さらに女性作家だけにご参加いただいた事典は、何軸と呼べばよいのだろうか。私は、現代の詩歌全体をみなぎる女性の感性による作品群を「宇宙軸」と名付けたいと思う。女性が本来備えている生命力・直感力に加えて生活者としての鋭い視点による観察が文芸ジャンル全体を押し上げていると感じるからである。

もとより男女共同参画社会を目指しての女性のたゆまぬ活動の力によるものでもあろう。「女流」とは「社会的に活動している女性」と辞書にある。まさしく、いまの時代を生き生きと活躍している旬の作家一二六名の作品集を見ていただきたい。現代の多種多様の価値観を反映させるため、いわゆる伝統・革新を問わずユニークで自己主張があって、かつパワフルな作家に今回の宇宙船へ乗船いただいた。「女流」として生成過程の若い作家もあるが、21世紀の川柳を担って欲しいという期待である。世界で最も短い文芸である川柳で時代を鋭く深く詠み続けることであろう。作家参加のメッセージ・自選20句は新しい試み。

最後に、刊行にあたって掲載作家はもとより、多くの方からご協力をいただいた。巻頭エッセーの田辺聖子氏、三省堂出版局の田中慶太郎氏に心から感謝したい。

二〇〇六年九月

田口　麦彦

✣エッセー✣

# 新しき女流川柳家への期待

田辺　聖子

　これは劃期的川柳集といっていいだろう。女性川柳家たちの、鬨(とき)の声を聞く思いである。

　私は古く昭和六十年に、現代川柳の紹介鑑賞を意図して『川柳でんでん太鼓』を書いた。次いで平成九年に岸本水府を『道頓堀の雨に別れて以来なり』で書いた。水府は門人の川柳家をよく愛顧し、指導したが、昭和初年ごろからふえた、若い女性川柳作家たちの進出をとりわけ喜び、よく育成した。

　潑剌(はつらつ)たる近代的知性を身につけた若い娘たちが、時代の世相・人情を詠む。その風潮は柳界の発展繁栄に資するところ大きいはず、と水府は期待したのであろう。

　その期待は裏切られず、資質すぐれた女流川柳家たちが、たちまち輩出する。それは川柳界に活気と刺激をもたらした。……かくて現在にみる、女流川柳作家の活躍となった。

　どの芸術分野でもそうだが、殊に、川柳界で女性に活気がある、という現象は好もしい。

女性はそもそも、現象への好奇心と批判力、同調または反撥、その精神の波立ちがけざやかで、線が強い気がする。それはまさに、川柳という文学形式にぴったり、ではないか。

しかも、将来、川柳という分野で女性の活躍が更に盛んになるように思われる。――なぜなら現代では女性は従来、男性の徳、とされる資質をも併せ持つようになった。大胆、卒直、決断力、好奇心、支配力、企画力。

女性が、男性と同じ視線を併せ持ち、複眼で、世態人情を見、あるいは裁き、あるいは洞察理解する。賢くも強くもなったが、女性的やさしみも失われずに備えている。……そんな女性像の面白さをどこで知るか。

女流川柳家の作品に親昵（しんじつ）したまえ、……というところである。彼女らの句は躍動している。

一すじ縄でゆかぬ複雑さを秘めつつ、また〝おんな〟の柔媚（じゅうび）とやさしみの香りも持つ。

女流川柳家たちの珠玉の句を、口中にまろばせ、てのひらに包んで、いとしみたい。

新しい感覚の句集誕生を祝福する。

平成十八年夏

# 作家別索引【五十音順】

【あ】

赤松　ますみ　木洩れ日が揺れるもうすぐ鳥になる……2
浅野　滋子　キッコロと森の未来を語ろうか……6
あべ　和香　陽が沈み月と一緒に来た刺客……10
新井　千恵子　記念日になりそう愛を告げられる……14
池　森子　曇天を割って男の子が産まれ……18
櫟田　礼文　お子様ランチの旗をみているのはおんな……22
一戸　涼子　鳩笛がかすかに鳴っているコラム……26
糸　せい子　前減りの靴がのんびりせよと言う……30
伊藤　美幸　号泣のあとで花瓶の水を替え……34
今井　和子　ポケットのたくさん付いた方を買う……38
岩崎　千佐子　ミスターの正しく老いてゆく姿……42
岩崎　眞里子　祈ること数多この世もまた銀河……46
内田　真理子　丁寧に包まれ雛はもとの闇……50

大内 順子　三回忌近づき鮭の塩を抜く …… 54
大田 かつら　青春を返せと揺れる赤い花 …… 58
太田 紀伊子　波の花けぶって隣国が遠い …… 62
大西 泰世　背後からひとの声する銀河系 …… 66
大沼 和子　ゴッホ展まだ死ねないとメール打つ …… 70
岡崎 たけ子　携帯のラ抜き言葉や少女の輪 …… 74
小川 あき子　歩けない代わりに神がくれた趣味 …… 78
奥田 みつ子　文献のページ追う目よ男の眼 …… 82

【か】

柿添 花子　リヤカーの蛍と帰る収穫期 …… 86
柏野 遊花　まっ白に洗う小さなスニーカー …… 90
片野 智恵子　シャワー全開やっと私を裏返す …… 94
加藤 久子　着信アリS字フックに空の穴 …… 98
門谷 たず子　青酸カリと引き揚げてきた命 …… 102

金子　美知子　シャボン玉好きな高さで割れている……106
鎌田　京子　分別ができないわたしの中の塵……110
河瀬　芳子　有季定型　春の海月の大欠伸……114
河内　月子　コンタクトはずすところを見てしまう……118
北沢　瞳　崖っぷち「さても南京玉すだれ」……122
木本　朱夏　救命具はひとつあなたはどうします……126
草地　豊子　ういろうの感じで列に立っている……130
久場　征子　応援のとぎれた橋の上走る……134
倉田　恵美子　充電完了　雨も上がったようですね……138
桑野　晶子　時は流れてトリノは淡き影法師……142
古賀　絹子　わが父に疑うことは習わざり……146
古俣　麻子　夫の背丸いそろそろ許そうか……150
近藤　ゆかり　嘘つきにならないように口つぐむ……154

【さ】

西郷 かの女　姉の尺度はいい加減でしあわせ …… 158
齊藤 由紀子　無宗教明るい曲も友である …… 162
坂本 香代子　振り向いて欲しい名もない花だけど …… 166
坂本 浩子　紐かけて寺山修司卒業す …… 170
佐々木 つや子　華の舞うトゥーランドット巻き戻す …… 174
笹田 かなえ　動かない男の目玉憂国忌 …… 178
佐瀬 貴子　生きるとは難儀バス停まで走る …… 182
佐藤 みさ子　「けれども」がぼうぼうぼうと建っている …… 186
佐藤 桃子　シャガールの街を左に介護バス …… 190
里上 京子　曲り角の電話ボックス消えている …… 194
澤野 優美子　清拭の途中にとおるさおだけ屋 …… 198
早良 葉　わが乳房しまい忘れることはなし …… 202
塩田 悦子　蹴られ蹴られて大きくなったのだ象は …… 206

滋野　さち　風がすわる家族写真の椅子ひとつ……210
雫石　隆子　少子化へご家訓少しずれて来る……214
島　道代　ドレミドレミ言葉遊びの雪降り積む……218
島村　美津子　寝たきりが犠牲になって火事消える……222
清水　かおり　夜行バスたましい薄くして帰る……226
新垣　紀子　待っててね恋を鞣しているところ……230
椙元　世津　佛様明日はお花を替えますね……234
鈴木　瑠女　核家族いろは歌留多に知恵を借り……238
清野　玲子　開拓碑のあたりで風は三角に……242
園田　恵美子　ほんとうは私も出せる猫の声……246

【た】

田頭　良子　背筋ぴんとわたしに父が棲んでいる……250
高橋　由美　鎖骨から雪崩のごとく現代思想……254
高橋　蘭　秋刀魚の背ひかるかつてのおのこ達……258

竹内　ゆみこ　すみませんあしたはどこにありますか……262
田嶋　多喜子　蛇皮線ののどか戦さを忘れない……266
立原　みさと　卵管で男のコラム読んでいる……270
田中　節子　五時四十六分ガラスの靴がこわされて……274
田中　峰代　ビー玉ころころ密告の日を数え……278
谷沢　けい子　残、醜、哀、耄、懶、背に重く「老い」……282
中條　節子　一粒のグリコでいまも走っている……256
津田　公子　思い出が静止画像になっていく……290
時枝　京子　国論が揃うあやうさ菜種梅雨……294
時実　新子　何だ何だと大きな月が昇りくる……298

【な】

長島　敏子　雨天決行　体内時計熱くして……302
長浜　美籠　許そうか　テネシーワルツ聞きながら……306
なかはら　れいこ　みるみるとお家がゆるむ合歓の花……310

中村　誠子　だいこんの花を同封します　母 …… 314
中山　恵子　方舟はどこへ駅前銀座商店街 …… 318
成田　順子　子離れすざくっとキャベツ割るように …… 322
西　恵美子　抱かれて種を明かしてしまうなり …… 326
西口　いわゑ　パッチワーク恋のかけらを継ぐように …… 330
西出　楓楽　身のうちの花瓶に花のない日なり …… 334
西來　みわ　浅間山吹雪へ母の下駄の音 …… 338
仁多見　千絵　春だから真っ直ぐ進む花の道 …… 342
沼尾　美智子　包装がへたね　秘密が洩れている …… 346
野沢　行子　ブリキのバスははひふへほたる散りばめて …… 350


【は】


長谷川　博子　もう泣くなコップの水も澄んできた …… 354
畑　美樹　吟醸の雫　戦場のしずく …… 358
馬場　涼子　うなずくと微かに首の音がする …… 362

山倉　洋子　酒もたばこもどうぞ他人の旦那さま……470
山崎　美和子　まだ修羅場くぐるつもりのコンパクト……474
山田　ゆみ葉　戒厳令ちょっとそこまでパン買いに……478
山部　牧子　碧空や娘二人を産みました……482
山本　希久子　おふたりという日本語のあたたかさ……486
山本　三香子　壊れるまで溶く群青　祖国とは……490
山本　乱　うめももさくら出発の時間です……494
吉田　州花　林檎煮るあしたは雪にかわる雨……498

【わ】

渡辺　梢　非常ベルのありかを指に言い聞かす……502

## 木漏れ日が揺れるもうすぐ鳥になる　赤松　ますみ

［出典］「川柳展望」第一二三号（川柳展望社、二〇〇五年）

［鑑賞］掲出句は、第3回「川柳展望」現代川柳大賞の大賞受賞一〇句の中の作品。「よく飛べる翼を街で手に入れる」が第一句目にあり、それと一対にして読むと理解しやすい。ひと口で言うと現代人がかかえる不安感とそこを脱出したいという浮遊感覚であろう。「木漏れ日」つまり枝葉の間から漏れてくる日光というのは、人の日常のささやかなしあわせ。現代はその時間さえもたちまち奪い去ってしまう怖さがある。ＩＴ技術を駆使したバーチャルな世界と現実の日常がないまぜになって人々を不安にするからである。だから一日も早く雛から成鳥となって、広い大空へ舞い上がってみたい――そんな願望が満ちてくるのは当然であろう。人類は、もともと鳥への憧憬が深い。ライト兄弟はその先駆者であった。「鳥になりたい」「鳥になる」という作者のテーマは、その意味で普遍のもので間違っていない。では、どうすれば鳥に

なれるか。まず翼が必要。その翼はどうやって手に入れるか。ずっと先のことか、もうすぐなのか。作者は「もうすぐ」と直感している。

［略歴］ **あかまつ・ますみ**

一九五〇（昭25）年、兵庫県生まれ。昭47年、関西大学文学部フランス文学科卒。平7年、天根夢草氏指導の川柳講座から川柳作句開始。平8年、「川柳展望」会員。平11年、第一句集『白い曼珠沙華』発刊。平12年、第2回展望賞準賞受賞。平13年、「川柳コロキュウム螢池」主宰。平15年、「川柳文学コロキュウム」代表。同年、第二句集『Les Poissons（レ・ポアッソン）―双魚宮』発刊。平17年、第29回全日本川柳広島大会大会賞、川柳展望第3回現代川柳大賞、日本現代詩歌文学館・第3回現代川柳の集い賞受賞。平18年、セレクション柳人1『赤松ますみ集』発刊。

［作者からのメッセージ］

胸中に積もり積もって苦しいほどだった自分の思いを外へ外へと…、それが最初の頃の私の川柳でした。そして、今は作句のたびに「潜在意識」の中の自分でも知らなかった「私」を発見できる川柳の魔力にすっかりとり憑かれています。思えば「鳥になる」の句のように、私には常に変身願望があるようです。川柳を通して生まれる新しい「私」を、これから先もずっと追い続けていきます。

［作品］

光りなさいと星のマークをつけられる

薔薇園の薔薇　世の中の敵の数

悪人を合わせ鏡で確かめる

退屈が今日も流れている運河

満月のどこかで水が漏れている

テロという悪夢に絞りきるレモン

石段の上まで続く理想論

わたくしを守る角度に開く傘

スクランブル交差点から蝶になる

こわいものなしの菜の花の黄色

ともだちのようなポプラに囲まれる

海の色静かに溜めている鎖骨

大道芸を見る足下がたそがれる

ややこしい地図に出ている現在地

にがり水の思いちがいを飲んでいる

攫われてみたかったのに朝の月

たまご割るたびに銀河が遠くなる

ヤドカリの影を横切る戦闘機

頬杖をついては砂を湿らせる

桟橋の向こうへ暗示受けにゆく

# キッコロと森の未来を語ろうか

浅野　滋子

［出典］「川柳マガジン」二〇〇五年一〇月号（新葉館出版、二〇〇五年）

［鑑賞］「キッコロ」は、二〇〇五年三月二五日から九月二五日まで愛知県で開催された「愛・地球博」の公式キャラクターの名前である。森の精として「モリゾー」といっしょに登場し、その可愛らしいキャラクターで多くの人々の心を癒やしてくれた。会期中の目標一五〇〇万人を大きく上回る約二二〇五万人の入場者があったというから大成功と言えるだろう。テーマが「自然の叡智（えいち）」（Nature's Wisdom）であるから、いま地球が置かれている状況から世界中の人々の関心を呼びおこしたに違いない。作者は、その開催地に住み、それらのふれあいの中から生まれた一句と言える。

「まっすぐに生きる錆止めリリカルに」「遠い日のポルカが住んでいるまぶた」という集の中の作品から見られるように、作者は年齢的に決して若くない。でもそういうイベントにじかに接することで、いまここで詠んでおかねばと思い立ったのであろう。「いまを詠む」という川柳文芸の使命にかなったもので、作者が常に新しい句材にチャレンジする努力を讃えたい。

［略歴］　あさの・しげこ

一九二七（昭2）年、大阪府生まれ。昭42年、さざなみ川柳を設立。主幹として月刊「さざなみ」発行。愛知川柳作家協会委員。NHK名古屋文化センター講師。名古屋市短詩型文学連盟審査員。著書に句集『あや糸』ほか。合同句集『さざなみ』I～IV発刊。

［作者からのメッセージ］

女性ばかりのグループ「さざなみ川柳」を発会して、来年は四十年みんなよく付いて来てくれた。川柳と係って、周辺の限られた生活をモチーフに綴って来た。私がこの道に入った頃は、男性優位で、女でなければ詠めない作品や、またそんな空間で楽しく穏やかな活動が夢であった。男女平等参画の現代では時代に逆行している様になった。あくまで和やかな女の苑を大切に、川柳を愛しつづける一人として、若い気分になってペンを握っている。

［作品］

未知数へいのちの色を重ねよう

愛の掟を知りすぎている赤いバラ

炎をくぐり抜けて眠りにつく乳房

満月の下でいつわり重くなる

無視された人形でさえ炎を宿す

封かんや愛がふくらみ過ぎないか

ひたむきな毬をにがしたかすり傷

トランポリンの過信をさせた悔いがある

残像をまだ曳きずっている自嘲

マニュアルの厚み心が欲しいのに

説きふせた男に回路つなごうか

フレディになる人生のいいリズム

ひざまずく背なに滲みでる花ざんげ

折り鶴の羽たたもうか多数決

手の裏を知り過ぎたまま舟にのる

ずり落ちてからバイブルを読んでいる

泣きごとを秘めて如来のふところに

手きびしいコラムにヒント刻み込む

ふれあいのどちらも変えぬ鈴の音

くさぐさの思いと自転くり返す

# 陽が沈み月と一緒に来た刺客

あべ　和香

［出典］「川柳マガジン」二〇〇五年十一月号（新葉館出版、二〇〇五年）

［鑑賞］「刺客」は、暗殺者の漢語的表現である。その刺激的なことばで象徴されるのは二〇〇五年の衆議院議員選挙であろう。国民を観客になぞらえて、あたかも劇場で芝居や映画を見るようにパフォーマンスする政治の手法はメディア時代でこそ成立する。しかし作者は、そんな表層的な事だけをとらえて詠んだものではないと感じる。人間の心の深い部分に沈み込んでいるものを窺ったのではないか。それは「月と一緒に」という中七句から推しはかることができる。「月」とは何か。「地球の衛星。太陽の光を受けて（夜）輝く。太陽に対する位置によって、種々の形を見せながら、約一か月で地球を一周する」（『新明解国語辞典』第六版、三省堂）。この「太陽の光を受けて（夜）輝く」という表現にアッと思った。そう、月の輝きは、月そのものではなく他動的なものだったのである。そして光は射し込んだものすべてに影を

作る。そう考えると、時の権力者によって動かされる刺客ばかりではなく、この世の多くの事象に思い当たることだろう。時事を詠んでも一過性にしない作者の批評精神が光っている。

[略歴] あべ・わこう

一九四一（昭16）年、岩手県生まれ。昭55年、川柳入門。平6・8年、岩手県芸術祭「県民文芸集」芸術祭賞受賞。現在、川柳「はなまき」同人。「紫波」会員。花巻川柳会会長。岩手県川柳連盟理事。東北川柳連盟監事。花巻市「シニア大学」川柳講座講師。広報「花巻」川柳欄選者。句集に『秋桜』。

[作者からのメッセージ]

三十代、川柳は趣味のひとつであった。いつの頃からか、川柳の蔦が、体中に張りついてしまったみたいだ。

逃れようのない状態で「川柳」にはまり込んでいる自分がいる。

公私もろもろの事象が、私の川柳活動の足を掬う。それでも、気づけば、ペンを手にしている自分がいる。

これから、この世に何か残すとしたら「句」しかないと思うこの頃である。

［作品］

下り電車なんてやさしい音だろう

釜の底やさしさごっこ鬼ごっこ

予知能力やはり無かったわたしの血

みちづれのやゝまいだれから蹴り出す

しあわせを零しやすきは掌の隙間

こめかみのあたりでドラム叩く音

刃こぼれの隙から覗く花図鑑

体温を低めにキープ落葉の章

ちぎれ雲　なみだ色して漂いぬ

涅槃図の隅でひっそり臓器授受

笑顔から始まる癒しのフルコース

さくら静止画像が動き出す

やぶる約束してしまう

夜のさくら散華さんげと舞いて散る

散ってからが長いさくらの弾き語り

これからは守りに入るあかね空

正直な音だ　ひづめの四拍子

いつまでも直らぬ隅へ座る癖

まちがって笑い袋にまぎれ込む

羽衣を探しあぐねて夕焼ける

## 記念日になりそう愛を告げられる

新井　千恵子

［出典］『新井千恵子新作句集』（私家版、二〇〇六年）

［鑑賞］「君を愛している」。そうことばで表現された時、女性はこれまで育んで来たものが確かなことを信じるのであろう。以心伝心、あえてことばに出さなくてもと思うのは男の気持ち。欧米人に比べて愛の表現が不得手であった日本でも現代は違う。TPOをとらえて直接相手に告白することが多くなっていると言う。「記念日になりそう」は、その瞬間の心の動きを微妙に言い切っている。

「この味がいいね」と君が言ったから
ご存[illegible]六日はサラダ記念日　俵　万智

[illegible]の『サラダ記念日』の一首である。青春性のある話しことばの短歌で、ベ[illegible]ラー作家となり、女子高生も短歌を作るよ[illegible]った。川柳は、もともと話しことばの文芸。女子高生にも女子[illegible]。「ジュルルッと鼠花火に言い寄られ」集

の中にある作者の句であるが、こんな擬音的表現も許される。むしろ、こういう女性の感性を活かした作品がどんどん詠まれていってよいのではないか。青春は十代、二十代の独占物ではない。六十歳になっても七十歳になっても青春は永遠に続いている。

[略歴] あらい・ちえこ
一九四〇（昭15）年、東京都生まれ。

[作者からのメッセージ]
決められた枠の中に自分の心を読む瞬間の緊張感がある意味の快感である。
句が出来ない時の苦しみが意欲をかきたてる事もあるのだがなかなか満足する句が出来ない。長い間やさしい講師にめぐり合い一字の重さを実感した。これからも人は人、私は私なりの感性を生かした川柳を楽しく作り続けていけたら良いなと思っている。

[作品]

わたくしの存在わかるまで無口

一言にさざ波ぐらい揺れて待つ

微笑みをそっと返してくれている

誘われる予感女の顔になる

一言が言えずにずっと友でいる

化粧してやさしい人になっている

水中花だれに追われて揺れたのか

試着室どんどん自信消す鏡

意地悪な鏡に心覗かれる

ゆきずりの風とおしゃべりしたくなる

不器用に生きて着地が見つからぬ

しがらみを白血球が消してくれ

プライドが高く自分でくたびれる

ままごとで私の暮らし見られてる

壁一つ取って風向き変えてみる

子等の声廊下づたいに聞く至福

手を抜いた分だけ悔が残りそう

どうしても主役になると言う野バラ

マスカット粒の数だけ味を変え

生かされる命だと言う母といる

# 曇天を割って男の子が産まれ

池　森子

［出典］池森子川柳句集『森』（新葉館出版、二〇〇五年）

［鑑賞］シンプルで、かつパワフルな句である。生命力がみなぎっている作品と言えよう。俳句の中村草田男のよく知られた句に「萬緑の中や吾子の歯生えそむる」があり、この句によって「萬緑」という季語が生まれた。季語を武器としない川柳において掲出句ほどの力強さを感じるものは数少ない。何をどう詠んでも自由な文芸であるがゆえに、一句として屹立することの難しさがある。そういう迷いを一切感じさせないインパクトがこの句にはある。評者の直感だが、これはみずから生命誕生の体験を持ち得る女性ならではの感覚と思う。「曇天を割って」と、あたかもイエスキリスト生誕の場面を思わせる鮮烈なフレーズはこうやって生まれたのではないか。女性の胎内での長い成育を経て、月満ちて生命が誕生する瞬間の尊厳を感じる。

「男の子」いわゆる「ますらお（益荒男）」が産まれたのである。「ますらお」とは、りりしい男の子の美称であるが、近年そういう男子が少なくなったのは残念である。作者の作意を超えて、この句が社会的に際立った主張となっている。

［略歴］いけ・もりこ

一九四〇（昭15）年、福岡県生まれ。昭53年、川柳を始める。昭55年、富田林川柳、富柳会入会。平5年、川柳塔社同人・理事。平10年、富柳会会長、全国鉄道川柳人連盟入会。広報富田林川柳欄選者。平16年、富田林市民川柳講座講師。平17年、㈳全日本川柳協会常任幹事。句集『森』。

［作者からのメッセージ］

両親が四十路で私がこの世に産声をあげた。しかも母は病弱で小さい体で…。その後も私を病気一つもさせずに育ててくれた。それを当り前だと言えば私は神に叱られる。また父は祈りを込めて森子と名を付けた。長じて川柳という恋人に巡り合い雅号の如くに愛しながら仕合わせに生きていることを知らずに逝った。だが川柳は父からの贈り物。そして、平凡に生きよと言うたかわやなぎ。
斯（か）くして平成十七年秋、句集『森』誕生。

[作品]

私がわたしに餓える秋最中
逆風を奏でる真うしろのピアノ
妻を脱ぎ母を脱ぎ静かなる羽化
愚かさを愛して降りてきた飛天
やさしさの深みへ落ちてゆく椿
花蟷螂のジャンプ花にも許されて
帯の位置決めたら泣かぬ和紙人形
その殻を脱いだら火柱が上がる
カラーボールを投げて奴隷にしてしまう
わが視野に野獣一匹放し飼い

マシュマロは昔わたしを裏切った

だから何だと父はボールを投げ返す

罪深い森でマッチの火を庇う

冬が降り立つ少し方角間違えて

左シフトに傾く青林檎と檸檬

半音の違いを聞き分けて夕陽

れんげ田で遊ぶひらがなとひらがな

払っても払っても夢がうるさい

嘘を信じて大根の首洗う

一匹の鬼を生涯吐きつづけ

# お子様ランチの旗をみているのはおんな　櫟田　礼文

［出典］『セレクション柳人4　櫟田礼文集』（邑書林、二〇〇五年）

［鑑賞］日本では少子化が緊急の課題となっている。地球規模的には人口膨張が予測され、食料危機が叫ばれているというのにである。二〇五〇年の世界人口は八九億人、うちアジア五二億人、日本は一億人（「平成12年国勢調査」による推計）という。

その一億人のひとりとなるであろう作者は、また違った目で見ている。作者自身がまだ子どもに恵まれない状況の中での発言である。同じ集の中の作品に「哺乳瓶ころがるガラスのむこう側」「さくらんぼたわわ私に子がいない」「身のうちを突きぬけてゆく子のはなし」「乳母車ないものねだりは止めにする」など思いを募らせた句が多く詠まれていて切ない。担当大臣が「少子化」と叫ぶとき、子どもが授からない女性にまで思い至らないであろう。この集の後半には「少子化のニュース私の罪ですか」があって、とどめを刺す。掲出句の「お子様ランチ」

を注文する光景を見ることが少なくなったのは事実。数少ないショットに出合った作者は、思わず凝視してしまったのであろう。「のはおんな」の結句に作者の生への奥深い思いを見ている。

[略歴] **いちだ・れぶん**

一九四八（昭23）年、山形県生まれ。生後まもなく母と共に礼文島へ、雅号はそれに由来。昭47年、札幌川柳社句会参加。昭50年、七人句集『芽』参加。以後道内各社、作品賞受賞。句集に『紙ふうせん』（さっぽろ文庫）。『セレクション柳人4、櫟田礼文集』。

[作者からのメッセージ]

――句を作ることは、もしかして私の裸身を晒していることと同じではないかと思ったりすることがある。身につけている余分な衣裳を脱ぐ時の、脱ぎっぷりの良い句ができる日がくるまで、そして、大きな、深い、暗い井戸から這いあがれる日がくる時のために、縄梯子を編み続けていきたい。――と、以前綴ったことがある。

はたして、脱ぎっぷりの良いダンサーになれているのかどうか、道のりはまだ遠い。

［作品］

母になることはなかった観覧車

コンビニで時々猫を買ってくる

わたくしの裸身がひそむ玩具箱

いつもの家のいつもと違うポリバケツ

棒線が何かを言いたがっている

封を切る掌からこぼれてしまう空

古い記憶の中のポテトチップス

くず籠に捨ててしまった昼の月

胃の中で拾った影が咳をする

おでだまをほどくと溢れてくる小骨

とつきとおかを待ったことなどありません

象の尻押してはずみをつけてやる

少しずつ虹を壊して飴を煮る

薊野が一面にある裏表紙

残された時間で目鼻組み立てる

剃刀の刃先の混声合唱団

右腕に静かに生える湿地帯

天気予報通りに結び目がほどけ

手づかみで月をボリボリ食べてます

かつて私も白百合に似てはいた

# 鳩笛がかすかに鳴っているコラム

一戸　涼子

［出典］『田中五呂八川柳祭全国誌上大会発表誌』（二〇〇五年）

［鑑賞］そうか、「かすかに鳴っている」のか。作者の鋭い指摘に衝撃を受ける。筆者自身も新聞・雑誌にコラムを連載していて、いわばコラムニストのはしくれ。

この穏やかな表現に込められた一矢がずしんと胸に刺さった。「鳩笛」は、その字の通り鳩の鳴き声を出す笛。もともとは狩りで鳥を呼ぶのに用いたのであるが、このごろは素焼きのものや、オカリナのように気軽に楽器として使うようになっている。いずれにしても平和の象徴といえる鳩笛を鳴らすようなコラム欄。諸悪に対して警笛を鳴らすのであるが、それが届いていないというのである。毎日の新聞紙面に次々と表れて来る不正や不条理な出来事に対して、そのつど鋭く深く社会批評を試みているつもりのコラムニスト。短い評論であるが故に、川柳のように快刀乱麻で斬って捨てる。

そう自負していても、現代のような多様な価値観の社会では、そのものさしとなる正義の定義自体がぶれている。なにが正しくて、なにがいけないのか。作者は、日常の生活感覚で時代の核心を言い当てている。

[略歴] **いちのへ・りょうこ**

一九四一（昭16）年、秋田県生まれ。昭57年、川柳を始める。「新京都」「魚」「川柳さっぽろ」への出句を経て、現在、グループ誌「水脈」事務局。「バックストローク」同人。「原流」会員。句集に『新世紀の現代川柳20人集』参加。

[作者からのメッセージ]

ひと昔前、三世代同居六人家族の主婦としておおわらわだった。あの頃、どうしてあんなにたくさんの句が書けたのだろう。

現在、夫との二人暮らしで時間ならたっぷりある筈なのに、締切日がないとさっぱりペンが進まない。なのに、飽きもせず続いているということは、自分の世界を持ち学ぶ、ということが好きなのだと思う。

私にとって「川柳は正しい道」だったのだろう。

［作品］
無防備な階段がある春の街
続くのでたぶん正しい道でしょう
蓋をする楽しみがあり力瘤
酢味噌あえ体内五月の原野です
両腕はたっぷり砂糖漬けにして
じゅんさいのつるっと落ちてゆく山河
反戦の芝居がはねて虻になる
アンケートの余白に夏野菜をかく
投票箱を信じていない蝿たたき
ビニールの袋うるさいことを言う

どこに在っても誤植の猫である

指さしてはっきり告げる空の青

菊たべて体臭を正しくして

月よりも冷たいくちびるなんですね

消火器がごろんと嘘をついている

ホラー映画の真ん中あたり魚を焼く

蜘蛛の巣の向こういもうとたち光る

茶葉ひらく前頭葉に綿埃

馬鈴薯はサラダにしよう雪つもる

鳥が来てこつんと割ってゆく冬空

# 前減りの靴がのんびりせよと言う

糸　せい子

[出典]『くじら合同句集』第四集（氷見川柳会、二〇〇四年）

[鑑賞] 作者は、筆者と同年齢の作家。同じ時代を歩いて来た仲間なのだなあと親近感が湧く。つい最近全く同年の方たちの訃報が続いてちょっとたじろいでいる。例えばプロ野球の選手・監督として知られた藤田元司氏。私たち川柳の仲間では、ふあうすと川柳社主幹の泉比呂史氏が世を去られた。

そういう年齢になったのだということを改めて突きつけられて、これからの時間の大切さを思う。振り返ると掲出句の「前減りの靴」さながらの生き方であったのではないか。

戦争という不幸な時代を経験してのち終戦。戦後の混乱期から復興時代。列島改造論にあおわれての「モーレツ」から「ビューティフル」時代へ。オイルショックでトイレットペーパーを求めてスーパーの店先に並んだこともあった。作者は、同じ集の中で「人間のエゴから森が消えてゆく」と詠んでいるので同じ思いであろう。掲出句後半の「のんびりせよと言う」という表現は、「わが輩は靴である」と靴を人間になぞらえての手法。

さて「のんびり」と思ってあたりを見回すと右も左もケータイ・インターネット世代。メールの打ち方を孫から習う忙しい日々である。

[略歴] いと・せいこ

一九三一（昭6）年、富山県生まれ。昭52年、氷見川柳会入会。昭53年、えんぴつ会員・同人。

[作者からのメッセージ]

川柳をはじめて約三十年になる。いっこうに上達を見ないが、節目節目に発行している氷見川柳会合同句集四号のうち二号目から参加させてもらっている。略歴の趣味の欄に読書、旅行とあるが四号目には読書が抜けて旅行のみ。加齢と共に老いの目が読書を遠ざけたようだが、旅行はいまだ健在である。特にパスポートを必要とする旅行はワクワクする。川柳も旅行も卒業のない感動の世界。そして私の生き甲斐でもある。

［作品］

円空の弥陀に微笑み返される

控え目な妻の轡にならされる

子のために布石しっかり打って置く

はかなさを持たぬ造花の好き嫌い

作り笑い鏡に恥じる自己嫌悪

温もりが散らかっているスニーカー

もう一人の私がわたしに念を押す

土壇場で絆がくれた縄梯子

身の丈にあった器に不足云う

新鮮な鰯に負けた冷凍魚

あいまいな知識が迷う句読点

指切りの指が裏切る雨の午後

風下の耳へ太ってくる噂

子育ての手塩に悔いがたんとある

生き甲斐が巣立ってもぬけの殻に住む

国なまり都会の彩で風化する

子を縛る添え木の役を果たし終え

妥協するくせが身につく宮仕え

衝撃な真実を吐く鉄格子

定年の線びき出来ぬカンナ研ぐ

# 号泣のあとで花瓶の水を替え

伊藤　美幸

［出典］川柳句集『みゆき』（柳都川柳社、二〇〇五年）

［鑑賞］掲出句を収めた句集のタイトルは『みゆき』。ペンネームをそっくり入れ込んだような「癒し」の作品群の中では、この句が際立って見えた。「号泣」とは、大きな声を上げて泣くこと。どれほどの悲しみが押し寄せて来たのであろうか。

「ただ私が川柳を続けてきたことに対して一番の理解者であった夫が、昨年十一月突然他界。この句集を見てもらえなかったことが残念でなりません」句集の「あとがき」の一文。なるほどそうであったのかと理解する。

人の世は出会いがあれば、必ず別れがやって来る。最愛の伴侶との別れも不意に訪れて来た。「花屋から出て来た人はみんな好き」という句が、句集のとびらに大野風柳書で墨痕鮮やかに収まっている。花が好き、書が好きな彼女は、そのような時でも、花のいのちのため水を替えたのであろう。「雪国の掟を犬とわかち合う」というシリアスな句も集の中にある。雪国の女性の剛の面と言えよう。不幸の淵に立った時、どれほどの自分を見せられるか。作家の魂が表出した一句である。

［略歴］

**いとう・みゆき**

一九三二（昭7）年、新潟市生まれ。昭49年、故白石朝太郎追悼川柳大会で初めて川柳を作る。昭50年、第一回柳都新人競吟大会優勝。昭53年度鬼原光彦賞受賞。昭55年、柳都川柳社同人。昭61年度柳都賞受賞。現在、NHK文化センター土曜川柳代表。柳都川柳社同人。句集に『みゆき』。

［作者からのメッセージ］

新潟で生まれ育った私は、まったくの井の中の蛙。ある機会に大野風柳主幹との出逢いがあり、川柳とは何であるかも知らない私は、いろいろ指導していただきました。川柳そのものより、川柳を作る人に魅力を感じ、いつの間にかこの世界にのめり込んだのです。

指折り数えて三十年余、自分史のつもりで作ったものばかりです。最後に娘千絵が両親への想いをのせてくれました。「母娘して紡ぐ心の糸模様」この句集は私の宝。感謝の一言。

[作品]

筆の穂をゆっくり洗う寒の水

花屋から出てくる人はみんな好き

ひと筆で画く白鳥が眠たがり

かごめかごめうしろの正面わたしです

凸凹のピーマン急に笑い出す

サングラスかけてあなたをひとりじめ

車椅子きっと明るい人だろう

ご無体な墨の乾きを待ちましょう

ラッピングあなたのお気に召すように

この席を半分あけて待ってます

ぱっくりと割れた石榴の下で逢う

触れないで私のドミノが倒れそう

紙テープください私が毀れそう

金屏風一羽の鳥が戻らない

手のひらのティッシュ微笑の形して

ひと粒の種からふるさとが見える

紙風船旅の終りの水たまり

桜吹雪風を恨んで風に酔う

遺伝子と言われつづけた片えくぼ

母娘して紡ぐ心の糸模様

# ポケットのたくさん付いた方を買う　今井　和子

［出典］『点鐘雑唱』二〇〇五年刊（現代川柳・点鐘の会、二〇〇六年）

［鑑賞］今年は福袋がたくさん売れたと言う。景気がよくなったから売れるのか、夢が無いから売れるのか、そのどちらかなのだろう。

掲出句にも同じような喩が隠されている。

つづらの大きい方と、小さい方と。昔話にあるたとえも人間の欲を穿ったもの。

拝金主義が世にあふれている気がしてならない。いずれバブルと同じようにはじけるに違いないのであるが、もう既にはじけかけているのだろう。作者のこの「ポケット」願望は、こどもが可愛いアップリケのついた洋服を欲しがるのと同じなのではないか。つまり夢がたくさんある方がよいということだろう。同じ集の中に「きらきらしている泡は本音です」「からっぽの一日チャップリンになる」という句があるからである。

でも、これはひょっとしたら反語かも知れないとも思う。大きいつづらを選ぶ人が多い現代への風刺だという読みもある。いろんな意味にとれる句を、一読明解をモットーにする人は批判するが、私はそういう作品の存在こそ川柳文芸の大きさだと感じる。

ポケットは、一つだけより、いくつもあった方が可能性が広がるからである。

[略歴] **いまい・かずこ**

一九三四（昭9）年、富山県生まれ。平9年、びわこ番傘川柳会入会。平15年、点鐘の会入会。

[作者からのメッセージ]

日常に一寸思ったこと、風の匂いや、風の味、あちこちで出会った花の香りなどがふっとポケットの中から現れて、私の人生と絡み合って川柳になってくれています。

見慣れたもの、思ったことに繰り返し感動しながら、新しい自分を、自分のもっと深いところを川柳と共に探し続けたいと願っています。

［作品］うれしさをかくしきれないチューリップ

雲に乗るはなしをしようふきのとう

ハイヒール山の向こうが見えてくる

張りつめた空気へ蝶が飛んでいく

取扱い注意と書いてある背中

単線のごとんごとんと母のこと

薔薇の花からジャズ　裸足だった学校

影はギザギザでとにかく咲いている

軍手ぴったり春の草引いている

駝鳥たちパンツをちゃんと上げなさい

花の咲く音散る音息をしてる音
父を追う長い梯子を登っている
こけたまま次から次へ咲いている
芒ぼさぼさ今年は何度も鬼が出た
拾った言葉を大きい順に並べている
言葉の中へ入っていくとあたたかい
煮詰まってわたしの彩になってきた
珈琲のかおりの中の笑い声
よかったよかったと紅葉降ってくる
まだあかんあかんと雪は降りつづく

# ミスターの正しく老いてゆく姿

岩崎　千佐子

［出典］『点鐘雑唱』二〇〇五年刊（現代川柳・点鐘の会、二〇〇六年）

［鑑賞］「ミスター」と言えばあの人。ミスタージャイアンツこと長嶋茂雄氏のことである。国民的ヒーローは何をしても話題になり絵になるのであるが、作者は自分流の視点で観察をしている。「正しく老いて」という中七部分で現代社会での生き方を問うているのではなかろうか。人間であれば、加齢とともにかつての雄姿のままというわけにはいかず、老いの姿も見せなければなるまい。また病に罹れば気力も衰えるに違いない。

富や名声は、それを築くときよりも、維持して行くことが大変である。作者は、少しばかりの羨望とともに、それはつらいことだろうと同情しているのである。また「正しく」ということの基準が現代ではあやふやである。多様な価値観が共存するグローバル社会では、まずそこからルールを決めなければならないからである。そういう中で路線のはっきりした長嶋さんの生き方はわかりやすい。だが、それはあくまでモデルであってそれと同じ生き方がだれにでもできるわけがない。行き着くところ、ミスターはミスターらしく、わたしはわたしらしくと納得させているのであろう。

［略歴］ いわさき・ちさこ
一九五二（昭27）年、愛知県生まれ。平7年、地元、堺の「泉北すばる川柳会」に入会。平11年より「現代川柳　点鐘の会」に参加。墨作二郎より指導を受ける。

［作者からのメッセージ］
世間でいうところの良識、正義、価値、そんなものを一度は疑ってみる癖はいつからだろう。社会の中でどこかしら居心地の悪さを感じながら、少数派であってもそれはそれでよいと思っている。行儀よく並んでいる人が何を考えているのか誰も知らない。強者・弱者、勝ち・負け等と簡単に分けられるかどうか…。人は一寸先の闇を口にしながら忘れたがる。川柳に出会って十年。少しばかり楽に呼吸ができるようになった。

[作品] 直線を跨ぐ日常非日常

耳を塞いで思い思いのユートピア
平均値のあたりで鍋が焦げ臭い
パレードをひっぱってゆくモンスター
深いところで輪切りにされていた
別人になってゲームの森を出る
呪われてするめはふいに反り返る
ひとつまみ塩をふったらさようなら
根無し草遠くの虹を追いかける
豪雪の下で鳴り続けているピアノ

鉢植えにされてお行儀よく並ぶ
オープンカフェのどこか居心地悪い椅子
もう少し照らすと悪が浮きあがる
目薬を何度差してもイリュージョン
ゆっくりと咲いていくから押さないで
耳をふさいで黄色いトマトのままでいる
正面玄関で清く正しい待ち合わせ
迷わずに引いた紐などあるもんか
瀬戸際で流れる桃を受け止める
録音テープの中できっちり裏返る

# 祈ること数多この世もまた銀河

岩崎　眞里子

［出典］岩崎眞里子句集『ジョバンニの切符』（私家版、二〇〇五年）

［鑑賞］この句が収められた句集『ジョバンニの切符』を彗星が地球に近づきつつあるという夜、手にする。タイトルは宮沢賢治の童話『銀河鉄道の夜』ジョバンニの切符の章から取った。作品の見開きのページには一枚ずつ自作の絵が描かれている。あわせて二十枚。何ともメルヘンに満ちた手作りの句集である。お金をかけずに手をかけてこんなすばらしい本ができるのだと驚いた。

「太郎には太郎の闇夜銀の靴」「母という手塩皿に林檎の樹」同じ集の作品。母、工藤さたは川柳作家、平成十四年の一周忌に遺句集『うらの畑に』を編んだ。

「この世に命ある者は皆、かの地へ送りし者達の存在に支えられて生きている。過去は振り返るものではなく、今日この瞬間の土台に違いないのだから」これは、『ジョバンニの切符』のあとがきである。

林檎はニュートンの法則どおり樹から畑に落ちて土に還る。この夜、作者が見た彗星も銀河鉄道から還って来たのであろうか。「この世もまた銀河」なのである。

［略歴］ **いわさき・まりこ**

一九五一（昭26）年、青森県黒石市生まれ。昭54年、入院中のベッドの上で、まちがって川柳の丸薬を飲んでしまう。かもしか川柳社幹事を経て、現在、弘前川柳社・青森県川柳社・新思潮に所属。平14年、第10回川柳Z賞風炎賞。平16年、第22回川柳Z賞大賞。句集に『蒼』『ジョパンニの切符』。

［作者からのメッセージ］

その昔、お城があったという高台に産まれた。縁側の古い書棚にあった宮沢賢治の影響だろうか、弟は星を私は岩木山に沈む夕陽を眺めて大きくなった。眼下に広がる田んぼを抱きかかえているような岩木山。陽が沈むと山裾にビーズのような灯が点る。小さいけれど生きている灯だ。それを見ながら闇に溶けていく私。駅も無いのに遠く汽笛が聞こえた。今も眼裏の星空に家並み銀河が瞬いている。

［作品］子も母も走り続けている脆さ

プラチナの空を集めてねこやなぎ

子を探し割れ目割れ目に根を延ばす

星ひとつ心づくしのぼたん雪

開けてゆくみ空いっぱい人の塔

母という漆に慣れたひとり杖

落ちている影をさずなとして拾う

遠い日を透かしてみれば花埃

乱打するこの身の内の星つぶて

涙では溶けないものが咲いている

許されてゆるす赦して宥される

優しさを五十とひとつ雨の壺

子らを待つ墨絵の中の花細胞

躓いたこころの底の露浄土

母曇り支え合ってる街の屋根

独り雨　婆ら灯りし糸の道

まっすぐなひとみ向日葵からとどく

葉は春に人は真冬に開花する

毒消し草　記憶は雪に他ならず

雪晴れに般若の森が動き出す

# 丁寧に包まれ雛はもとの闇

内田　真理子

［出典］「川柳黎明」第37号（川柳黎明舎、二〇〇六年）

［鑑賞］「加茂の抄」（選者、福光二郎）の入選作品である。私は最初にこの句を読んだ時、ひょっこの「雛」と思ってしまい、それにしては「丁寧に包まれ」てどこに送られるのだろう。息抜きの穴は開けられているのかなあと読み過ごした。ところが「選後感想」を見てハッと驚いた。「節句が済んだら雛飾りは早いめに仕舞うのが慣わし。長い闇のあいだ、人形は何を思い何を考えているのか」まさしくこの評に尽きる。短詩文芸の場合、多くは選者と作者との一対一の対決で勝負が決まる。選者は作品の生殺与奪の権を握っており、作者がどの選者を選んで投稿するかによって運命が変わる。選者の責任はそれほど重い。この句は良い選者を得て陽の目を見たのである。改めて読んでこの句のすごさがわかる。作者は京都に住む女性。毎年季節が来ると雛壇を作る。内裏雛・三人官女・五人囃子と次々に木箱から取り出し、包みを解い

て並べるのであろう。年に一度の御開帳。終われば布で拭き上げて箱に納める。そう「もとの闇」に帰るのである。読者も私もこの句を読んだ今の瞬間から雛節句の見方が変わる。その確認は来春になるが。

［略歴］うちだ・まりこ

一九五〇（昭25）年、京都市在住。朝日新聞「京都川柳」で川柳を始める。平16年、川柳黎明舎入会。平16年度朝日新聞「京都川柳」年間最優秀賞受賞。

［作者からのメッセージ］

「もう空っぽ、もうかけらも残ってない」

投句したあとはいつだってそう思う。

そう思うと、不意に怖くなる。

はなびら、海鳴り、つむじ風。

目に映るもの、映らぬものを切り取ってゆく物語。

川柳は、まるで不実な恋人のようだ。

摑まえた傍からするりとゆびをこぼれ、わたしを翻弄する。

時折すとんと胸に落ちる、たったひとつの言葉を求め、今日もわたしは川柳を追いかけている。

[作品]

ゆくりなく斜めの線とすれちがう

遠鳴りやくちびるまでの水の音

三日月の細さ鎖骨に湧く微熱

クレヨンを握って迷う雨のいろ

理由なんてそこらあたりの夏蜜柑

二の腕をすこし挑めて潸になる

左足くの字に曲げて眠る癖

漂白剤の匂いかすかに昏れのこる

さみしくてフードの付いた服を買う

足首を摑まれたのは禁猟区

改札口を出るとおおきな水たまり

泣き顔を撮られてしまうアマリリス

烏瓜近頃とんとうわのそら

煮凝りを調子づかせてしまいけり

待ちくたびれてあちこち結ぶ草の罠

花曇りちぎり絵ついに固まらず

灰皿で燃やす　くくられた言葉

駅はぼんやり眉間にしわを寄せている

遠景にあしたのバスの停留所

まだ何も生まれていない水餃子

# 三回忌近づき鮭の塩を抜く

大内　順子

［出典］「双眸」19号（川柳双眸社、二〇〇六年）

［鑑賞］さり気ない詠みぶりであるが作品の背景が見えてくる。風土性があり、人が生きるという行為のきびしさと切実感がある。

作者は流氷が接岸する網走の地に住む。「鮭の塩を抜く」という主婦としての日常。それが「三回忌」を前にしてのことだけに迫ってくるものがある。一周忌は亡くなった人との時間と距離が近すぎる。「三回忌」は動かないと言えよう。およそ日本の女性にとって老後の生活はきびしい。実父母に加えて嫁いだ先の養父、養母の世話をし、病に倒れると介護が待ち受けている。介護の大変さは、実際に体験した人でないとわからない。私も要介護３の母と同居してはじめて知った。

作者は、その介護の過程で、みずからも病む身となったと聞く。精神的、肉体的、経済的の三重苦が押し寄せる。それを乗り越えねばならない。「病衣洗ってあらって知床の峰光る」「満月も持っていました舌下錠」という句が同じ集にある。いまは書くことが支えになっているのではないか。札幌でお会いした時の美しい横顔、「いま卓球をやっています」と電話の明るい声。もう一度その元気に出会いたい。

[略歴] おおうち・じゅんこ
一九三六（昭11）年、北海道置戸町生まれ。昭53年、札幌川柳社会員。網走川柳社同人、札幌川柳社同人を経て、現在「双眸」会員。北見文芸賞、オホーツク賞、天都山賞等受賞。句集に『男結び女結び』。

[作者からのメッセージ]
小さい時から何ひとつとして、自分自身を表現することが出来なかった私は、父が定年後にはじめた川柳のみちに、入り込んでしまった。それは父から来るハガキに近況報告の後かならず、川柳が添えてあったからだ。
あれから数十年、息切れをしながらも、投句が続いているのは、やはりすばらしい川柳と、すばらしい柳友との出会いかも知れない。
大病になって、十一年、先に逝ってしまった、柳友達に守られながらの今日だとも思う。

[作品]

たましいを削り過ぎたか止まぬ吹雪

枕の下を父は流れて逝ったきり

身の隅でにごりはじめた水たまり

バス停の角から不意に煮凝りに

常備薬確かめ合って流氷待つ

さくらも母も散って濃くなる昔日

残月を喪中ハガキに書き添えて

戻って来た影もひそかに加齢臭

非常口まで流氷くちびるは閉じる

アマリリスひらき読経は凛と立つ

いんげんに手足が生える祥月命日

満月へいつも合掌してしまう

病室の窓から真四角な落日

がんばらなくても診察券は束になる

来た道を戻れなくなり花屋にはな

画鋲ふたつで支えきれない昨日

シャガールも流氷の帯もとぎれがち

さびさびと居座る影に水を撒く

川すこし傾き帯の位置下げる

ようやく咲いた海に一番近いさくら

# 青春を返せと揺れる赤い花

大田　かつら

［出典］『沖縄の赤き花』第一集（川柳とみぐすく、二〇〇五年）

［鑑賞］常夏の島である沖縄では、アカバナーといわれる仏桑華が年中いたる所で咲いている。ハイビスカスも赤、県花のデイゴも真っ赤な花を咲かせる。観光のシンボルであるが、戦争を経験した人たちや官民約二一万人が犠牲となった沖縄戦を知る人々にとっては、鮮血の色となる。「たった一度の人生を、青春の真っただ中で、自分の意思とは関係なく戦争にかりだされ、戦禍に散っていった乙女たち。どんなにか悔しい思いでいることだろう。乙女たちの慟哭の声、『平和への願い』をしっかり受け止め、子や孫へ『ノーモア戦争』を語り継ぎたい」（「アカバナーゆれて」一九九八・八・二二沖縄タイムス）新聞のコラムに作者が書いた一文である。

戦後生まれの作者であるが、この戦争の怖さ、おそろしさを風化させてはならないと紙芝居や絵本を通して保育園の子どもたちに語りかけるボランティア活動をしているという。思いをすぐに実行に移す彼女の情熱が掲出の一句を生み、その集成が句集となった。

[略歴] おおた・かつら
一九四七（昭22）年、沖縄県生まれ。平10年、琉球新報川柳壇初投句。平13年、川柳とみぐすく設立。平13年からＮＨＫ学園で川柳を学ぶ。平15年、川柳噴煙吟社同人。句集『沖縄の赤き花』第一集。

[作者からのメッセージ]
一九五五年に、六歳の幼女が米軍曹に拉致され、強姦、殺害された事件。あるいは又、一九九五年、米兵三人が歩いている女子児童を、車に押し込め拉致、近くのビーチで暴行した事件等。この許しがたい人権侵害に沖縄全体が揺れ、大きな社会問題となったことがある。それ以来、一人の母親として、この哀しみの怒りが深く心に刻み込まれ鎮まらない。
沖縄では、常に起こり得る不安と恐怖を〝娘の悲鳴マッハの音に潰される〟この一句に込めた。

［作品］

演習の実弾が降るキビ畑

キャンパスへヘリも突っ込む基地と住み

娘の悲鳴マッハの音に潰される

綱紀粛正あってないよな基地の島

観光が米軍基地に左右され

アメとムチ振り子のような基地の島

戦闘機飛び交う島も日本国

いつか来た道を戻るか戦闘機

基地のある不安がよぎる青い空

母を呼びつつ断崖へ散った花

ひめゆりの叫ぶ平和が届かない
戦争を風化させてはならぬ塔
世界中の果樹を植えたい基地の跡
自爆テロ人間の愚を垣間見る
自爆して平和がくると思えない
戦争を茶の間で見てる世紀末
攻撃をして幸せにできるのか
戦争をしている国の平和論
沖縄の花もわたしも狂い咲き
どの神に祈れば戦終わるのか

# 波の花けぶって隣国が遠い

太田　紀伊子

［出典］『太田紀伊子60句集』（私家版、二〇〇六年）

［鑑賞］「波の花」いろいろな意味があるが、ここでは波がしぶきや泡となって散る様子を花にたとえたことばであろう。「けぶる」は「けむる」の古語的表現。つまりは、波がしぶきを立てるために視界がはっきりしない状態を言う。ここから、現在の日本とアジアの隣国ともいう国々との関係が余りうまくいっていない状況を比喩したものである。「ご近所の底力」という番組もあるが、本当は世界の中でアジアが結束して発言力を増すべきところなのであろう。それがそういかないところは何であろう。過去の戦争にかかわる歴史認識もあろうし、海をへだててではあるが領有権の問題もある。中国・韓国そして北朝鮮とすぐ近くの国のハートが見えない。韓流人気、中国への日本企業進出と文化・経済面の交流がありながらである。作者は、幼くして父を戦争で失った。いわゆる不幸な歴史の日中戦争である。戦争はいかなる

理由があっても人を不幸にするだけで許されるべきでない。作者の強い思いがこの一句となった。時事を詠んでも、それが作者の生活実感に根ざしたものは、決して消えることはない。

［略歴］おおた・きいこ

一九三八（昭13）年、東京都生まれ。昭57年、いわき番傘勉強会入会、加藤香風師、今川乱魚師に師事。昭64年、つくばね川柳会発足、会長。平5年、番傘川柳本社同人。平8年より常陽藝文学苑、他各地川柳講師、㈳全日本川柳協会常任幹事。句集に『風と組む』。『励まし発信』監修。

［作者からのメッセージ］

ある時期から「お父さん早く帰って」が意識していないときに出る私の独り言。生まれて十一ヶ月で戦死の顔を知らない人を待つ言葉なのかと最近思う。十五歳のとき福島県から戦争遺児代表として靖国神社春の大祭に招かれた。そのとき実父の戦死を教えられ、実感させられたが、宝塚劇場観劇、泉岳寺赤穂浪士の墓参などの東京見物により靖国神社が薄められた印象がある。

散華した亡父よ霞が浦は凪ぐ（雄翔館にて）

［作品］

早世の父母の未来を足して生き

父さんが休むと狂いだす時計

女にも一人歩きの地図がある

熱は無し心に風邪を引いてます

さしすせそそうじはいつもあとまわし

パソコンの周り掃除機近よらぬ

ライバルの背なを追い越す春の夢

命ある限り仮面ははずせない

そろりそろかごめの輪から抜け出そう

キャッチフォンとればもう一人の娘

謙譲語ちぐはぐにして師と握手

丑の刻電波は派手にジャズ流す

ダイアリー君と逢う日は書かずとも

千人針受け取るかしら自衛隊

言いにくいことは５７５に訳す

返礼もせぬまま溜まる喪のはがき

エンゼルを眠らせておくEメール

浪費といえば浪費かなあ　お洒落

靖国の森をかすめる有事法

歳月へ信頼という重きもの

# 背後からひとの声する銀河系

大西　泰世

［出典］『こいびとになってくださいますか』（立風書房、一九九五年）

［鑑賞］スケールの大きな句。作者の第三句集『こいびとになってくださいますか』に収められている。第一句集『椿事』。第二句集『世紀末の小町』に続くものだが、どの句集もタイトルだけでも話題を呼びそうである。みずからは川柳作家と言い切っているが、共著の俳書への執筆、そして『現代俳句のパノラマ』（立風書房）では、当世俳句百人一首のひとりとして登場している話題の作家と言えようか。ボーダーレスの時代とて短詩型の世界もようやく市場開放の兆しが見えて来たのであろう。この句の「背後」は辞書を引くと「うしろの方」（『新明解国語辞典』第六版、三省堂）であって「うしろ」と特定しているのではない。前方の視界が混沌、不透明な現代にあっては、「うしろの方」から真実の声が聞こえるのであろう。詩人の感性を持った作者には、それがビンビン響いて来るのである。

「銀河」は、俳句の秋の季語でもあり、

虚子一人銀河と共に西へ行く　高浜　虚子

と詠まれている。「銀河系」は「太陽系を含んでいる約一千億個の恒星・星雲などの集団（前掲辞典）であり、作者はそれを人間に取り込んで詠む。

［略歴］

**おおにし・やすよ**

一九四九（昭24）年、姫路市生まれ。新潮・10月臨時増刊『短歌俳句川柳101年』（新潮社、一九九三年）の編集にあたる。句集に『椿事』『世紀末の小町』『こいびとになってくださいますか』。

［作者からのメッセージ］

極度の筆無精で不義理ばかりしている。こんな私はいつも皆様の温かさに救われてきた。有り難いことだと感謝している。

句作においても寡作であり、自分自身もどかしさをぬぐえない。また、ただただ垂直思考であり、自分の内側へ掘り進むしか能が無く、不器用なことだ。しかし、熾に息を吹きかけるように川柳という十七文字を身ぬちに燃やし続けたいと思っている。

［作品］

夢の世のえにしで藍がふかくなる

身を反らすたびにあやめの咲きにけり

わが死後の植物図鑑きっと雨

抱かれて地の果てまでのかくれんぼ

せみしぐれ身体のなかの対の骨

すこしだけ椿の赤に近くなる

号泣の男を曳いて此岸まで

白昼のききょうかるかや恋がたき

火柱のなかにわたしの駅がある

縄とびの縄を抜ければ九月の町

形而上の象はときどき水を飲む
想いつづけて一匹の魚になる
つぎの世もそのつぎの世も魚でいる
屋根裏の曼珠沙華ならまっさかり
朝顔の咲く音がする　さようなら
約束の数だけ吊るす蛍籠
現身へほろりと溶ける沈丁花
君が髪わが髪ほどき浄土とや
うばうことうばわれることかがやけり
こいびとになってくださいますか吽

# ゴッホ展まだ死ねないとメール打つ　　大沼　和子

［出典］川柳宮城野選集第33巻『一日乗車券』（川柳宮城野社、二〇〇六年）

［鑑賞］フィンセント・ファン・ゴッホ。オランダの画家である。「印象派と日本の浮世絵の影響をうけ、多くの名作を残した。後期印象主義の巨匠の一人だが、特に線に個性があり、のちの表現主義の創始者ともいわれる。代表作に「アルルのはね橋」「ひまわり」「糸杉」など」（『大辞林』第二版、三省堂）と辞書にある。「炎の人、ゴッホ」と言われるように、彼の鮮烈な生涯を暗示するような色彩感が見る人を引きつける。

私自身も生と死の境界を感じる「ひまわり」の絵が脳裏に焼きついている。作者も同様の印象を受けたのではないか。

「日本のゴッホ」と言われた山下清も強く惹きつけられ、ゴッホの「ラ・ムスメ（娘）」の模写はり絵を18歳の時に描いている。掲出句と同じ集の中に「添削されて五十五歳が返される」がある。「添削されて」

が何であるかはわからないが、夫と娘・息子に囲まれて平穏な生活を営んでいた作者にとってショッキングな出来事だったに違いない。おそらく「このままでは終われない」と自分を奮い立たせたのであろう。その結果としてこの一句が生まれたのではなかろうか。

［略歴］おおぬま・かずこ
一九四八（昭23）年、仙台市生まれ。平7年、五七五の会会員。平8年、川柳宮城野社会員。平9年、宮城野社同人。平16年、宮城会芸術協会会員。平8年度宮城野賞（会員の部）、平14年度宮城県芸術祭文芸賞受賞。

［作者からのメッセージ］

はみ出さずきれいに塗れる上等な「絵筆」より、道草大好きでヤンチャな「クレヨン」を選んでしまったということでしょうか。

川柳を始めて十年とちょっとが過ぎました。

つるつるではなくザラザラの触感が、〃吐く〃川柳によく馴染み、ヘソ曲がりの選択はまちがっていなかったのだと。

背伸びしない、肩肘はらない、力を抜いたクレヨン画をこれからも描いていけたらいいなと思っています。

［作品］

外せない原風景のホッチキス

飛び込む角度決めかねているひかり

通り雨さくらは桜のまま黙す

見たことを全部しまっておく金庫

始発駅おり鶴ひとつわたされる

記念樹の包帯解きに行くところ

NOとだけ書いて空中散布する

袋ごと掴んでしまう内緒ごと

聖域の入口に「まぜると危険」

添削されて五十五歳が返される

アフガン編みは知っているのに遠い月

片づいているが呼吸しない家

オーロラの裾をしっかり捉まえる

初夏のさし絵に遠出してしまう

共用部分からあふれそうな夕陽

あといくつ殻を割ったら海へ出る

お正月ひとりひとりになる稽古

誕生日ゴボウの水を取り替える

「あとで」と言うと二度とこない波

新大陸めざす一日乗車券

# 携帯のラ抜き言葉や少女の輪

岡崎　たけ子

［出典］「川柳さっぽろ」平成十八年六月号（札幌川柳社、二〇〇六年）

［鑑賞］作品の鮮度を支えるのは好奇心ではなかろうか。時代の流れとともに新しいものがどんどん出現する。それら異質のものを避けようとするか、逆にしっかりと見据えてやろうかとするかで見えてくるものが違う。作者は、それをどんと受け止めて詠む。

今日の街角でも少女たちが舗道に座り込んでケータイの見せ合いっこをやっていた。何をしているのだろうと通り過ぎるが、彼女たちの表情は一様に明るい。屈託のない笑顔で語らっている。この暗い話題の多い世の中では別世界の人間のようにも見える。

ケータイやインターネットという即時性のある通信手段で世界がつながっているのである。好きな音楽だってダウンロードできる。

メールされて来るのは、もちろん「ら抜き言葉」。「ら抜き言葉」とは「見れる」「起きれる」「寝れる」「食べれる」「来れる」など「～れる」

の形で可能の意味を表わす下一段活用の動詞をいう。（『大辞林』第二版、三省堂）と辞書にある。本来「〜られる」と言うところを「ら」を抜くのである。これを否定せず、実用性あるじゃんと肯定することから若者の輪に入る。作者は常に若いのである。

［略歴］

**おかざき・たけこ**

一九二八（昭3）年、北海道生まれ。昭44年、道新時事川柳初投句。昭53年、道産子同人。昭60年、札幌川柳社同人。北海道年度三太郎賞等受賞。句集に『家族あわせ』。

［作者からのメッセージ］

私は、主人の勤務の関係で転勤族になり、結婚後、主人の停年まで三十六年間で十四ヶ所の転勤で、新しい土地を転々として生活して来ました。旅でその土地へ行って見る事は出来ても、その土地の風土を体で会得出来たことは幸せな事だったと思います。

川柳を初めてからも、新しい土地へ行くのを楽しみにして来ました。川柳のお陰で友人も各地に出来、転勤のお陰で川柳もつづけて来られた様な気がします。

［作品］

瞳の端でつなぎ蜻蛉の炎を囲う

残り時間にゴツンと中る生年月日

振り向くとどの足跡も微笑する

銀行がどうっ転ぼうと茄子の花

うたかたや残夢は残夢雪猛ける

ドナーカードの方程式に縛られる

ナイフが光る飢えている少年

血より濃い絆ぬくめて老いゆくや

女時男どきでいくたび描いた逃亡記

にんげんの坩堝で寂しさに慣れる

耳貸した日からざわつく後ゆび
厭世のせつなもありぬ秋ざくら
酔い覚めて醜態へ押す削除キー
狂わずに生きて火傷をくり返す
症候群だらけの骨の手くらがり
カンナざくっと剪って滴る血を享ける
横文字に疎くて賽を振りそこね
生よ死よ愛よ一途に曼珠沙華
枢まで女は濡らす割烹着
ＩＴ化機能音痴を置き去りに

# 歩けない代わりに神がくれた趣味　小川あき子

［出典］「川柳花ぐるま」平成十七年三月号（川柳花ぐるま、二〇〇五年）

［鑑賞］掲出句は、第八回川柳花ぐるま賞受賞作品。作者は小児マヒで車椅子生活を送っておられると聞くが、その不自由さにめげず、このように詠み放つ精神力に脱帽。あたたかい家族や友人たちに支えられながら、毎月同人誌への出詠を欠かさない。何よりもこの川柳を「神がくれた趣味」ととらえる心意気がうれしい。手元に届けられたパソコンの手作り句集は、おじさんが作ってくれたそうだが、ひとつひとつの作品を大切にする気持ちが伝わって来てさわやかである。お金をかけなくても作品を記録整理しておけるという見本のように思えた。健常者である私たちが、ともすれば作品の作りっぱなしになっていることを思うと、このひたむきな創作姿勢には学ぶべきものがある。パソコン句集の中に「父の背を見ていたような杉木立」という句がある。（「番傘」儀野いさむ選）「父は〝蒔かぬ種は生えぬ〟と言って水力発電に挑戦

しています。私は、父の言葉に感動して、新聞に投句するようになりました」と作句を始めた動機を語っている。女流といわれるまでには、まだいくつもの道程を乗り越えねばならないが、この姿勢は本物だ。

［略歴］

**おがわ・あきこ**

一九五五（昭30）年、和歌山県龍神村生まれ。仮死状態で生まれ一歳の時、脳性小児麻痺と診断される。昭59年、川柳ちえの会へ入会。平11年、番傘へ初投句。平13年、番傘本社同人。

［作者からのメッセージ］

「あの雲はどこまで行くののんびりと」

私が、二十九歳の時初めて作った句です。川柳塔で活躍している叔母が、川柳という大きな翼をくれました。鉛筆と紙があれば、どこででもできる十七文字に思いを込めて。あの時から、川柳は心の支えになっています。今は、母と一緒に川柳を作っています。川柳大会へ行く時も、母と一緒です。歩行が困難な私に、家族もサポートしてくれます。川柳のお陰で励ましの声、絵手紙も届きます。こんな温もりを大事にして、川柳を楽しみたいと思います。

［作品］

お日様の休養だった梅雨明ける

麻痺の手に合わす私の持ち時間

朝顔に今日の体調見抜かれる

明日を見る窓ピカピカに拭いておく

いい夢を届けてくれた花切手

人生いろいろ日傘雨傘持ちながら

自分史のページを増やす木の校舎

一徹の父は我が家の防波堤

上を向いてごらんこんなに良い天気

ひまわりの窓背比べしたくなり

愛という特効薬を小出しする

いい汗をかこう優しくできるから

一日一善心にブラシかけておく

辛い日は流れる雲になればよい

リハビリに誘うタンポポ空を向く

家族みなヘルパーになるありがたさ

かあさんの一言翼くれました

父の娘で良かった父の日に思う

里の山描けば生きる音がする

海渡る夢は捨てないシャボン玉

# 文献のページ追う目よ男の眼

奥田　みつ子

［出典］川柳句集『白い梅』（私家版、一九九九年）

［鑑賞］図書館であろうか、研究室であろうか、はたまたいまブームの考古学の資料と恐竜の化石らしきものを突き合わせている情景だろうかといろいろ想像するのはたのしい。

しかもその人物像を「男の眼」として男性に特定しているところが作者の感覚である。男女雇用機会均等法を持ち出すまでもなく、いまの時代どの分野の職場にも女性の進出が著しい。もちろんすばらしい能力を持ちバリバリ業績を挙げている人が多い。研究員、学芸員など学究的な職域でも女性の方が多いところもあるだろう。それでも作者は掲出句では「男の眼」なのである。無心に文献をみつめる一途な姿を羨ましいと瞬間的に思ったのに違いない。評者の私も女性の作者からそう指摘されてはじめて気づいた感性の差である。

この事典をあえて「女流」としたゆえんもこの感性の違いを存分に読

者に鑑賞して欲しいと願ったからである。天が与え賜うた女性の感性。例えば集の中にある「かなしみがコトンと胸に落ちて　秋」の「コトン」の擬音把握。「月光に包まれ羽が生えてくる」の宇宙感覚などは、男性作家に詠めぬ境地と感じている。

［略歴］

おくだ・みつこ

一九三二（昭7）年、広島県生まれ。川柳塔社副主幹。西宮北口川柳会代表。㈳全日本川柳協会常任幹事。朝日カルチャーセンター通信添削講師。大阪産経学園川柳入門講師。句集に『白い梅』『遠き人へ』。

［作者からのメッセージ］

ラジオから流れた古川柳「母の名は親仁のうでにしなびて居」を耳にして、川柳に興味を覚え、カルチャーセンター川柳入門を受講した。以来二十五年、多くの人々に出会い、たくさんの出来事にめぐり会った。嬉しいこと、つらいこと、驚いたこと、楽しいこと、川柳をしていなければ、こんなに豊かな人生は歩めなかったであろう。傍目にはどうあろうとも、私には大切な〝川柳さん〟に心から「ありがとう」の言葉のみ。

［作品］子を育て子に育てられいのちの賦

竹の里まっ正直は罪なもの

ディオールの靴も踵は減るのです

影法師ときどき黒くなり過ぎる

正解は一つではない本閉じる

広辞苑森はいよいよ深くなる

私はわたし比べるものは何もない

人いろいろ人面白し人怖し

見詰めればみんな影には尻尾あり

よく笑う手鏡ひとつ懐に

山はむらさき遠い一人が胸に住む
ひらひらと散った昨日はもう追わず
書斎いま風がノートをめくるだけ
亡き人のメールか月が美しい
今を生きる過去も未来も淡彩画
ただ歩く黙って歩く長い影
人ひとり送って変わる風の彩
胸の乾きレモン一滴したたらす
残照見事生きるべし笑うべし
ひとりには一人の旗よ風に立つ

# リヤカーの蛍と帰る収穫期

柿添　花子

［出典］『花子のつぶやき』柿添花子（私家版、二〇〇五年）

［鑑賞］なんと詩情ただよう一句であろう。

作者が生き抜いて来た七十五年の歳月。その大半を農業にたずさわった体験から詠まれたものと知ると、生活の重みがずしんとひびく。「思えば昭和二十六年農地改革で教職を離れた夫と結婚し、土を相手に無我夢中で働き通し、降りかかる火の粉を払う波乱万丈の人生。そこに灯をともし救ってくれたのが新聞の川柳欄でした」集の「あとがき」でこう語っている作者の川柳との出会いである。「リヤカー」は和製語。人が引いたり、自転車のうしろに付けたりして物を運ぶ二輪車。自動車が普及するまでは主役であった。「蛍」との取り合わせは不思議に思うかも知れないが実体験。毎日向き合う田畑は、そういう環境にあった。

「麦の青穴かに夫の匂いする」集の中にある作品である。田園風景が広がる中で農家の嫁としての責務を果たし、そして、川柳文芸へのひとすじの道を歩いて来たのであろう。

[略歴] かきぞえ・はなこ

一九三〇（昭5）年、福岡県生まれ。昭55年、大川市民川柳会（後、大川川柳会えんのき）入会。平8年から、明光園川柳教室講師。平11年、大川川柳会えんのき会長。平17年、句集『花子のつぶやき』発刊。

[作者からのメッセージ]

朝な夕な農作業に追われ作句は外出中の電車やバスの中。東京の息子に会いに行くときの新幹線がとっても楽しく、作句に持って来いの時間であった。

又梅雨時の薄暗い納戸の中で繕い物を高く積み上げ、こそこそと鉛筆を走らせていた事など今では想像もつかないと思う。本当になつかしい思い出である。

神様の思し召しだと感謝しながら、川柳という財産にこの上もない喜びと幸福に浸っているのである。

［作品］

ふところに抱く筥迫にある決意

言い訳はよそう明日の米を研ぐ

平坦な道に躓く事ばかり

糸口が見つかり朝の洗面所

風媒花おぼろおぼろに住み着いた

風神の怒りざわざわ軽い籾

眉のない女と出会う五月闇

眉剃って仏の道へ果てんとや

春は饒舌さくら散ったり笑ったり

針千本のいつわり抱いて父眠る

田を売って済まぬ済まぬと墓洗う

ドラマから懺悔に戻る時仏

首輪すっぽり翔んでる妻が戻らない

道草のタンポポ老母が戻らない

繋がれた紐の長さで踊ります

春うらら人は一挙に解凍す

さよならの辻で女は風になる

裏鬼門抜けて菜花の海へ出る

美しく生きたし白を白く着る

送られる自分を奇麗にして置こう

# まっ白に洗う小さなスニーカー

柏野　遊花

［出典］「川柳マガジン」平成十四年六月号（新葉館出版、二〇〇二年）

［鑑賞］さわやかな句である。「スニーカー」という物体と、それを「洗う」という人間の行動。この二つが結びついて一つの印象深い光景が映し出される。それに五・七・五という切れのあるリズムに乗って音声が重ねられる。短詩を作るものの創造の喜びである。むかし「運動靴」と呼んでいたものが、「スニーカー」という名前に変わっている。

流れるような時代の変化のひとつであろう。「スニーカー」とは「足音がしないところから忍び歩く人の意」（『日本語大辞典』講談社）だそうである。そういえばこのごろ子どものバタバタと走る音が聞こえなくなった。ゴム底、布製おもに編み上げ式は昔の運動靴と変わらない。だが、革製のブランド品もあって価格は数百円から数万円までと幅広い商品。掲出句の「スニーカー」は、子ども用の布製であろう。泥んこになったものをブラシで丹念に洗って日陰に干す。「まっ白に洗う」のは母親の愛情である。この子が大きくなったら何になるだろう。野球選手か、いやサッカー選手。女の子のほうは、藍ちゃんのようなゴルファーか、氷上でイナバウアーを舞うかも知れないと期待がふくらむ。

［略歴］かしの・ゆうか
一九三八（昭13）年、岡山県生まれ。柳都川柳社同人。合同句集『御坊山』参加。

［作者からのメッセージ］
小三になると息子たちはスポーツ少年団に入ることを宣言した。水溜まりの球を拾い、砂場に突っ込んだ跡を靴に残して帰宅した。子どもも忍耐、親も子を見守って待つ忍耐の日々。子らは親になり、それぞれ子育て中である。孫の小さな靴に往時を重ねている。
たった十七音で響き合う川柳の世界。まず自分を知らなければならない。自分では気づかぬ自分を他者が川柳でノックして気づかせてくれる。それは自分磨きの助けになっている。

［作品］

生え揃うとあっさり飛んでゆく翼
セコムして青い鳥まで逃げていく
花びらが運んでくれた相聞歌
有情とやお金の上にちょこなんと
涙流して乾く心をストレッチ
脱皮した蝶が光を食べている
ケアハウス犬が魔法をかけている
危機救うのはペットだろうかロボットか
小さく小さくなった背中へありがとう
千羽鶴羽が重たい隠しごと

さくらさくら花も私も口語体
すぐ結果求め凡人抜けられぬ
一直線の向こうにあった少子国
ケイタイを鳴らし孤独を連鎖して
思わくにのりしろばかり増えていく
養殖の部類に牡蠣もわたくしも
薄紙を剥がす主張をくり返す
信頼を吊り下げている牛の耳
雑音の中にひとつの愛の声
花はどこへ行った夕日のイリュージョン

## シャワー全開やっと私を裏返す

片野　智恵子

［出典］「川柳黎明」第34号（川柳黎明舎、二〇〇五年）

［鑑賞］「桂の譜」（選者、田中博造）の入選作品である。「プライドもなみだもぎゅっと現在地」「秋暮色ポツンと乾かぬケーキ皿」の句と並べて掲載されている。'05・11月号発表（締切9月20日）なので夏の終わり、秋のはじまり頃に作句されたものであろう。自選作品ではなく、選者を経ての作品欄は選者の共感を得てはじめて作品として顔を出す。選者の力量を信頼することが前提となることは言うまでもない。

この句は、やはり女性ならではの作品と思う。「女性だから」ここまで勇気を持って踏み込んで詠めると言うべきだろうか。

男性でも考えられる場面ではあるが、男性には一種の照れがあって難しいだろう。「モナリザの微笑」「ミロのヴィーナス」のように女性固有の領域があってよい。神様はそのために男性と女性をお作りになったのだから。この句のヤマ場は、「私を裏返す」の心理的展開であるう。渡辺淳一作『失楽園』のエロスを感じる人もいよう。何にしても本音でものが言える女性の強さたくましさ、その反面の複雑な哀しみ、妖しさというものが複合的に読み取れるのではないか。男性がシャッポを脱ぐ一句である。

[略歴]

**かたの・ちえこ**

一九三三（昭8）年、京都市生まれ。昭46年、新聞柳壇から川柳をはじめる。昭58年、川柳新京都社同人。平11年、川柳黎明舎舎員。京都川柳作家協会理事。句集に、黎明叢書第6集『片野智恵子川柳作品集』。

[作者からのメッセージ]

人生の伴侶が忽然と消えて、心身の重心を失った私を支えてくれた川柳と手を携えての道程。たった十七字の川柳に内在させるもの、その推敲過程に光るものを感じる歓びと自負の手さぐりの歩みの中で、故定金冬二先生の「もうひとりの自分を創る」という教えを唯一つの糧としている。

もうひとりの自分を見つめ、叱咤し、時には解き放し愛してやりたい。もうひとりの自分すら愛せなくなったらおしまいだと思う。

［作品］

絵手紙の梅ほのかなり春の楽章

暗黙の誓いを抱いて竹の花

表面張力崩さぬように連弾す

真実を探し疲れた土ふまず

この指に止まって息継ぎなさいませ

こみあげるものあり墨絵に紛れこむ

途中下車胸の疼みを散らそうか

やわらかな機転お月さんのかくれんぼ

他人事のように昨日の絵を見ている

キャベツ畠へ追い込んでからの策

遁走や小皿叩いて祝うべし
秋夜長たたみいわしのざわわかな
やみくもに歩いて妬心ふりほどく
殺したいと憎んだ一瞬がすべて
やっぱりとまさかにゆれる冬菫
背信や雪積む音が眠らせぬ
袖だたみのままの着物と無聊の刻
弾んで弾んで絹ごし豆腐みじん切り
胸底に届くはるかな狼煙
内ポケットに匿うやわらかな時間

## 着信アリS字フックに空の穴

加藤　久子

［出典］「MANO」第11号（MANO、二〇〇六年）

［鑑賞］「着信アリ」。いま花盛りのケータイの着信表示である。「S字フック」は、ストラップなどをつけて持ち歩くための付属金具。「空の穴」が問題であるが、これには作者独特の謎解きが仕掛けられている。

同じ集の中にある「マニュアルどおり答えるうすっぺらな空」「シュミレーションマップ大根に蹴躓く」などがそのヒントになろうか。女子高生のおしゃべりケータイから、通学、通園のわが子の所在確認ケータイまで全世界を席捲しそうなIT時代へ抵抗を試みているのである。使えば便利、必要に迫られて流されそうになる自分自身への焦りもあろう。だが根底には日々失われていく自然、そして粗末になっていく人間への愛着がある。

「三月の打楽器空は傷だらけ」（句集『空の傷』）私たちを生き長らえさせてくれるオゾンの空へ毎日「ごめんね」と言い続けているのであ

ろう。「着信アリ」は小説のタイトルにもなった。そのメッセージに応答することから始まるドラマの展開が予想される。川柳の「穿ち」という武器でそこに風穴が開けられるだろうか。

［略歴］ **かとう・ひさこ**

一九三九（昭14）年、東京都生まれ。昭54年、ラジオから川柳入門。昭58年、「川柳公論」入会。現在、「川柳公論」朱雀会会員。「杜人」同人。「MANO」所属。第10回川柳Z賞、中村冨二賞。句集に『矩形の沼』『空の傷』。

［作者からのメッセージ］

四十代から六十代半ばまで健康に恵まれた。

やろうと思えば何でもできた時間である。

それはちょうど私が川柳と過ごした時間と一致する。川柳から得たものの大きさは計り知れないし悔いはない。最近体調を崩して考えた。したい事としなければならない事があって、いつも前者を優先してきたらしい。ますます限られてくる時間。視野の隅にちらつくその埋まらない空洞を、ちゃんと見なければならないのに、一日のばしにしている。

［作品］

太った街の止まらないくしゃみ
バランスがとれなくなって紙を吐く
月蝕がはじまっている理髪店
手袋をはずした順に暗くなる
郵便局で並ぶつまらない地平
ドア細く開ける樹皮のようなもの
くさかんむりの下で体型を崩す
アマゾンを跳びこえてゆく次女の部屋
出鱈目になるまでお湯に漬けておく
雨樋を伝わってくる長い独白

変換ミス窓をいっぱい用意する
こおろぎが鳴くたびずれる裏通り
ふわふわの絵本のふちに腰かける
袋小路で乾いてしまうごはん粒
曇天をどんと廊下へ置いてゆく
マリンバをふたつに畳む夏の出口
水平線に立っているから絶対安心
秋めいて集まってくる人体模型
駅前に積み重なって乾く舌
一人だけ呼ばれて消える昼の月

## 青酸カリと引き揚げてきた命

門谷　たず子

［出典］金婚記念川柳句集『花ごよみ』（私家版、一九九三年）

［鑑賞］きわめて特異な句であるが、これはノン・フィクション作品。作者夫妻の金婚を記念して発刊された句集『花ごよみ』に収められている。句集の「五十年の足あと」の記述によると、作者夫妻は、昭和十八年、住吉大社で結婚。新婚七か月でご主人が徴用で旧満州国錦西陸軍部隊病院勤務となる。終戦を同地で迎え、部隊全員の玉砕も覚悟して、女性には青酸カリを手渡されたという。

当時は混乱期で支配者も八路軍、ソ連軍、蒋介石軍と次々に入れ替わり、いくたびか死の一歩前の事態と出遭う。手にした青酸カリは、葫蘆島からの引き揚げ船から帰国途中の玄界灘で捨てたという。まさに激動の自分史。筆者の私も旧満州黒龍江省チチハルからリュックひとつで引き揚げた体験があり、この作品の背景がありありと目に浮かぶ。思えば多くの同胞たちが、戦争の苛酷な状況の中で生き延びて来たのであった。「棄民」という評さえあるように、国策にそって渡満したばかりに悲運に遭った人たちも多い。戦後六十年を経てなおテレビに映る戦争孤児たち。作者は同じ集の中で「縁あってふたりで乗った花筏」こう詠み放ってしめくくっている。

[略歴] **かどたに・たずこ**
一九二二（大11）年、滋賀県生まれ。川柳塔同人。句集『花ごよみ』『花いかだ』。

[作者からのメッセージ]
徴用された夫と満州の錦西という街にある部隊病院に渡ったのは、新婚間もない昭和十九年秋。平穏な街も終戦後は一変、男子は玉砕することになり、家族は弔砲と同時に飲むようにと、一服の青酸カリを渡されました。弔砲は鳴らず夫は無事帰宅。以後さまざまの苦難を経て、引揚げ第二船に乗ることができました。荒れる玄関灘で甲板から青酸カリを投げ捨てました。ヒラヒラと舞いながら沈んでいった薬包紙が、今も眼裏に残っています。

[作品]

それぞれの荷が膝にある冬のバス
スタンスを変えると風もやわらかい
伏線に花の咲く木を植えておく
脇役が乾かぬ傘を持たされる
正義感まだ大根が煮え切らぬ
素晴らしい恋がしたくて歯を磨く
風やさし握りこぶしを開かせる
米櫃の底を気にしたことがない
風十色夫婦のクイズ解けぬまま
どう尽くしてみても秋には散る紅葉

夕茜塔と孤独をわかちあう

生年月日きっと錯覚だと思う

和やかに老いが深まる盛りみかん

手鏡の裏に容赦ない月日

花のある景色にすこし気を許す

タッチされてわたしの花がみな開く

ポケットの底にふたりで見た景色

矢がつきて午後は秋雨きいている

黄昏ておんなの駅に灯をともす

月の暈大事な人はみな遠い

# シャボン玉好きな高さで割れている

金子　美知子

［出典］句集『胡蝶花の眼』（私家版、一九九二年）

［鑑賞］掲出句は、作者50代の作品である。一読して思索の淵を突き抜けて出合った青空の新鮮さを感じる。そうか、そうか。シャボン玉は、それぞれの好きな高さでパチンと割れていたのだなあと目を開かされた。

この集には、作者19歳の作品にはじまって20～30代、40代、50代と年代別に収められている。作者の精神風土史を読む感じで、読者にとって自分自身のたどった道と対比できるたのしさがある。

青春は氷も雪も友達だ　19歳
過激派の求める思想夜の海　20代～30代
裏街で触れ合う情は骨が透け　30代
毛糸玉芯は私の色でいる　40代

そして、掲出句の50代となる。それぞれの時代の心の軌跡が反映されている自我の句であろう。40代以後は、それまでの硬質の鉛筆を思わせるシャープさから、川柳の創作筆記に適した2Bぐらいの柔らかさを感じる。もとより、人の生きかたは、それぞれ自由であってよいのだが、鋭い思想をソフトに包み込むことができれば最高であろう。進化の見える作家は、やはりすばらしい。

［略歴］かねこ・みちこ
一九三六（昭11）年、神奈川県生まれ。昭49年、川柳「路」吟社同人。平9年、現代川柳「隗」創立同人。平15年、川柳「路」吟社、中野懐窓・関水華の後を継ぎ、三代目主宰となる。㈳全日本川柳協会常任幹事。神奈川新聞柳壇選者。句集『胡蝶花の眼』。

［作者からのメッセージ］
何かを感じ、思い、その気持をどの様な形で表わすか、多くの芸術がある中で自分に合った色彩を見いだすきっかけは出合いであると思う。

少女去り少年悦と蟻殺す　中村富二

川柳と出合った若い頃、ずしんと心に響き惹かれた作品でした。以来、川柳の道をひたすら歩いています。心の襞を十七文字に託し広がるドラマ、感動の世界は果てなく、私を熱くさせ続けます。

［作品］

青春をつぎはぎにして滝の音

こころ無に桜の花と吹雪かれる

ふるさとの坂で無傷な雲に逢う

はちがつの暦で鶴を折る老女

鉛筆を煮詰めて昭和史を綴る

終止符のひとつの乾き燃えやすき

妻の手のいざという日の金平糖

大樹　いちめんの空身にまとう

こめかみに薔薇いっぽんの蘖（ひこばえ）よ

この先を私の音で水ぐるま

年齢不詳　菜の花畑の鬼ごっこ

日めくりを剥ぐたび花の種を蒔く

星屑を下げ惑わずに続く道

傷心を問わずに包む冬の森

許すのはよそう炎が消えるから

包帯を洗い晒して添い遂げり

頬を打つ雪の痛さよ母の手よ

粛々と絆　怒涛のかたちして

一枚の栞を揺する花火音

雑草に成りきり春の陽をあびる

## 分別ができないわたしの中の塵　　鎌田　京子

［出典］『鎌田京子30句集』（私家版、二〇〇六年）

［鑑賞］「分別」は「ふんべつ」と「ぶんべつ」の二つの読みがあって意味が分かれるが、ここは「ぶんべつ」であろう。

「分別（ぶんべつ）」とは「種類ごとに分けること。ごみの分別収集は、燃やせるもの・燃やせないもの・粗大ごみなどに分けられたものを清掃係が集めること」（『新明解国語辞典』第六版、三省堂）と辞書にある。ごみは自治体によっては、リサイクルしやすいようにもっと細かく分けて集めているところもある。資源に限りある地球環境のためには結構なことであろう。掲出句での分別は、そんな実際に存在する物ではなく、心の中にある無形の塵・あくたを言っている。

現代はストレス社会といわれるように複雑な人間関係の日々の中で、かなり大量に発生している塵である。発生源のその人にも分別が利かない塵が、他人にどうして分別できようか。同じ集の作者の句にも

「春の音符が止まらない電話口」という「躁（そう）」もあれば「泣き顔を隠してマスクあたたかい」という「うつ」に傾いたものもある。人間の心の問題はそれだけ振幅が大きいということなのだろう。作者の自画像の一句と言えようか。

［略歴］ **かまた・きょうこ**

一九四七（昭22）年、宮城県石巻市生まれ。平元年、泉川柳会に。汐の会、川柳宮城野社会員を経て、平7年、川柳宮城野社同人。平15年、川柳展望会員。宮城県芸術協会会員。宮城野賞、宮城県芸術祭賞受賞。句集に『引出しの海』。

［作者からのメッセージ］

人と接することが不得手な私が、ひとりで思いを巡らす事ができる川柳に出合って十七年。今では生活の一部になっているが、そのために費やした膨大な時間に我ながら驚く。でもそれは、とても大切でいとおしい時間帯でもあり、最近になって「誰かに会いたくて」川柳を書いているのかもしれないと思うようになった。私が抱いている喜び、哀しみ、諦め、叫びなどを、同じように感じてくれる誰かに、その欠片を手渡すために、川柳を作り続けているような気がする。

[作品]

晩秋と改札口で挨拶す

きのうより少し大きい棘を抜く

晴天が続いていますミミズの死

向日葵の異口同音な愛し方

手に入れるまでは微笑を繰り返す

うしろから抱かれる満期保険金

赤トンボも淋しい人も止まる指

閉経のラインダンスの列にいる

熟れ過ぎて上手に笑えない果実

郵便屋さんに風を一枚渡される

一番先に泣くやわらかいガラス

スキップのスキのあたりの落し穴

金木犀の香りが強い一家団欒

水洗トイレの水を流してから進む

二階から必ず降りてくる老後

空ばかり掴まえている捕虫網

マニュアルの通りに死んでいく途中

待つことに慣れたキリンの長い首

消しゴムで消されたところから発芽

ごめんくださいあしたからのわたしです

## 有季定型　春の海月の大欠伸

河瀬　芳子

［出典］河瀬芳子作品集『木の匙』（私家版、一九九八年）

［鑑賞］「海月（くらげ）」は、俳句の夏の季語。

わだつみに物の命のくらげかな　高浜虚子

正岡子規に師事し、俳誌「ホトトギス」を継承して主宰した巨匠の句。さすがにスケールが大きい。海上に浮遊する動物を観察して「物の命」と言い切ってしまう。客観的写生を重んじ、俳句を花鳥諷詠の詩と定義づけて普及に努めた偉大なリーダーである。

「有季定型」という伝統派の俳句のモットーもこの流れを汲むものであるが、現代の地球環境を考えると必ずしも安泰ではない。

掲出句の「春の海月」のように海月は春にも出没するのである。地球温暖化によって異変は日本列島にも押し寄せている。

作者はこういう現実を踏まえ、俳句文芸そのものへの危機感をつのらせているのではないか。傘を開いたり閉じたりして泳ぐ海月を「大欠伸」と諧謔味で模してはばからない。

バイオテクノロジーの発達や長年の環境破壊・汚染で生態系にも異常を来たしている。春夏秋冬、季節の変わりない移りを前提にした俳句の存在が危ないと見ても不思議ではない。「開けてみる日記ことごとくムンク」同じ集の中の句。このムンクの叫びとならぬことを祈りたい。

［略歴］ **かわせ・よしこ**

一九二九（昭４）年、岐阜県生まれ。「川柳塔」「一枚の会」を経て現在「バックストローク」「短詩サロン」「逸」在籍。句集に『河口』『木の匙』『アワダチ草の部屋』。

［作者からのメッセージ］

なにげなく始めた川柳、「アッ」というまに月日は過ぎてしまった。残り時間は僅か、どう足掻いてみたとて……です。然し幸せを沢山貰いました。振り向くことは嫌いです。常に前を視て歩いてきた自分を今更乍ら愛しいと思う。川柳を知らなかったら出遇えなかったあの人、この人、そんな川柳に心から〝有難う〟を言おう。充実した人生を有難う、と。

［作品］

落丁のページで折れた月光
生き残るための下手なジャンケン
芸術論ヒリヒリ熱いとんがらし
体温ほどの愛を下さい　木の匙よ
消えそうな泡の不安を差しあげます
ジャンケンに負けて枯野を渡された
亡夫（つま）よ祀りの窓があかないのです
一度も凪を摑めなかった女神
今を佇ち尽くすポストも戦争も
クレヨンが足りなくて象は水玉

桃の世のナイフは水底にあります

永遠が扉をあけて出ていった

直線は途方に暮れてしまいけり

いちまいのはるがうつっていたがらす

存在というやわらかい土踏まず

水滴がポトリポトリと記憶喪失

四面楚歌電話のように座っている

こともなく古傷に傘立てかけて

まっすぐに線を引いたら獺祭忌

魚の鰭　哀しいことはたんとある

## コンタクトはずすところを見てしまう　河内　月子

［出典］『夜市川柳第24年度作品（堺川柳会、二〇〇五年）

［鑑賞］「コンタクト」は、もともと接触、連絡の意の英語であるが、ここでは「コンタクト・レンズ」の略であろう。眼鏡をかけるかわりに、角膜に直接着けて使用する小さく薄いプラスチック製のレンズである。装着したり、はずしたりのわずらわしさはあるが、外見からはわからないので女性に特に愛用されているようである。

女性にとって、お化粧タイムと同じように楽屋裏で行うこのレンズ装着の場面は男子禁制である。もちろん同性の女性にも見られたくないに違いない。お化粧は女性にとっての戦場（いくさば）。ライバルである同性に見られてよいはずがない。それを、ふとしたはずみに「見てしまう」というシナリオである。

見られた方も、見てしまった方もバツが悪いのであろう。一瞬の出来事ではあるが気まずい雰囲気となる。その後の展開がどうなったのか、読者としては気になるところ。まあ、わずか十七音字でこれだけのことを想像させることのできる作者は手だれである。まさに瞬間芸と言ってもよい。この一瞬の切れ味を試すために、何十年もの間、営々と研鑽を積む。

[略歴] **かわち・つきこ**

一九四〇（昭15）年、山口県宇部市生まれ。昭43年ごろから川柳をはじめる。現在、川柳塔社常任理事。

[作者からのメッセージ]

やさしいことばでさらさらと
的を絞って　　リズムよく
わたしのこころ　見えるよう
君に伝える　　一行詩
犬がわんわん　吠えるよう
雀ちゅんちゅん　喋るよう
烏がかあと　　啼くように
くらしの歌を　歌います

[作品]

太陽にお礼を言って旬のもの

草の芽も春だ春だとうれしそう

カーネーション母の日辺り咲きそうだ

梅の木に来る虫退治疲れます

座ったら動かんことにしています

なんやかや言って大阪捨てられず

なるようになりますわいなもうねまひよ

花かえて墓にたくさんたのみごと

秋だすなこおろぎの声透きとおり

満月をほめてふたりで飲み直す

わたくしの指輪本物みたいやろ

猫待っているからとんぼがえりする

天からの授かりものも反抗期

体調がいいから今日は大掃除

顔の皺ほどよく増えて姑の座に

マンションの猫もねずみは忘れてず

湯加減も生活もぬるい方が好き

他人から呑気に見えている短気

立ち話西陽が背中おしにくる

花屋から出ると雑音動きだす

## 崖っぷち「さても南京玉すだれ」

北沢　瞳

［出典］「バックストローク」第12号（バックストローク、二〇〇五年）

［鑑賞］現代の閉塞的な状況とそこで生き抜いている民衆のやりきれない心情がよく描写されている。「さても南京玉すだれ」は、大道芸の「南京玉すだれ」の口上に出てくることば。「あ」「さて」「さて」「さてさてさて」「さても南京玉すだれ」と独特の節回しで叫びながら竹細工のすだれをあやつっていろんな形を作って見せる。一種の手品で、観衆はその芸に引き込まれてしまう。

「崖っぷち」がなぜそこに付いてくるのであろうか。思うにこれは幕末に民衆が起こした世直し運動の「ええじゃないか」に通じる心情があるのではないか。伊勢神宮のお札が天から降ってきたことなどを契機に「ええじゃないか」「ええじゃないか」と民衆が歌い踊り狂う。近畿・東海を中心に全国に拡大したという大衆運動である。貧しさと体制の息苦しさに耐えかねてまさに「崖っぷち」の民の行動であった。

現代は江戸時代に酷似しているといわれる。不況・リストラそして格差社会へと進む状況は確かにそう言えそうだ。同じ集の中の作者の句「何注ぐ溢るるもののなきコップ」「疑いながら組体操の馬が立つ」と併せて読むと作者のまなざしの深さに気づくことであろう。

［略歴］きたさわ・ひとみ
一九四六（昭21）年、新潟県生まれ。福井県武生市にて川柳に出会う。地元の仲間五人と同人誌「ちしょとう」を六年発行。現在大阪在住。バックストローク同人。

［作者からのメッセージ］
小さい庭でバラを育てている。歳を重ねるごとにその陰で咲く名も無い草花に興味が深まってきた。生きるための悪条件をむしろ逆手にとり卑屈になることもなく咲いている。与えられた境遇に腰を据えて存在する姿は美しい。草花を師として私も理不尽なこの世を笑いとばしたいと思う。己をささえる知恵や愛というものを理解する品性も学びたい。私の川柳は肩書きもなく、常にその他大勢に位置する者の負け惜しみと抗いの産物である。

［作品］

謹慎の鈴を月夜に振ってやる

嫌われて保つ人参の匂い

立葵ここはいつくばって咲く

ふしだらな釘にエプロンぶらさげる

デザートに添えるわたくしの怖さ

お背中を流しましょうか刺しましょか

ふとももに描いた桜が散ってゆく

拝んでいる神様の足踏んづけて

断頭台に洗濯物を干している

手内職惚れた男はただ一人

飛び降りる死なない場所はこのあたり

饅頭の中の小石を食べている

頭の出ないセーターもらう誕生日

本棚を支える如何わしき雑誌

セロリにはセロリ貫く筋があり

あっちこっち抓って確かめる在庫

腰振ってもぞもぞ落とす栗のいが

シャルウイダンス朝には破る紙の上

琴を弾く覗かれる穴ある限り

渡された大根握り完走す

# 救命具はひとつあなたはどうします　木本　朱夏

［出典］川柳句集『転生』（私家版、二〇〇五年）

［鑑賞］死生観を問う一句。救命具は、船舶や航空機の遭難のさい人命を救うために用いる道具の総称。救命ボート・浮き袋・救命胴衣などだが、飛行機に乗った時に客室乗務員が必ず胴衣の身につけかたを説明するのを何人の人が真剣に見ているだろうか。映画「タイタニック」のクライマックスを思い起こして見よう。「その時、あなたはどうします」と聞かれて何と答えるのだろう。自分のいのち、他者のいのち。いのちの重さに変わりはない。ひとつしかない浮き袋を愛する人のために差し出せるだろうか。「死生観」とは、「生ある限りは充実した毎日を送って行こうという抱負」（『新明解国語辞典』第六版、三省堂）と辞書にある。

「木本朱夏さんは、駿馬である。それも青い駿馬と、私は思っている」と『転生』の序文で評した橘高薫風さんは、もうこの世にいない。これからは薫風さんが期待した「往きて復る」の実践をする女流作家の道をひたすら歩き続けるに違いない。

［略歴］ きもと・しゅか

一九四〇（昭15）年、和歌山県生まれ。川柳塔社常任理事。産経新聞和歌山県版川柳選者。毎日文化センター川柳講座講師。第6回かもしか風炎賞受賞。句集『転生』（私家版、二〇〇五年）。

［作者からのメッセージ］

旅が好きである。見知らぬ街の風に吹かれている時、生かされている喜びを実感する。

駅が好きである。朝夕のラッシュの駅、閑散とした昼の駅、また無人駅。駅を通過してゆく人々に人生の切なさ、愛しさを感じる。

川柳が好きである。人生の旅の途上でふと出会った道連れ。時には私を苦しめるけれど、川柳を離れて私の人生は考えられない。

私にとって川柳とは、生きてゆく日々に不可欠な栄養素、ビタミン愛である。

[作品]

靴を履きつぶして父は風の中

失った時間を抱いているたまご

コンビニのあかりを目指す漂流者

生ぬるいトマトを齧るヒロシマ忌

こいびとをかえるわたしのこころもかえ

海の青ひとつぶ耳にぶら下げる

約束を守り通してきて化石

わが死後の黄菊白菊声もつべし

夜の木霊耳押さえても押さえても

能面の裏に三つの寒い穴

眉描いて守るべきもの何もなし

キコキコと自転車を漕ぐ逃亡者

逆さまに貼った切手で秋が着く

静脈が泡立つさくら散るまでは

体温を盗まれしろい曼珠沙華

総身に蔦を這わせて生きている

眠るにはほどよき墓地の桐の花

振り出しに戻ってみれば枯野なり

転生のあさきゆめみし観覧車

橋を渡ったことはまぼろし狐雨

# ういろうの感じで列に立っている　草地　豊子

［出典］『草地豊子30句集』（私家版、二〇〇六年）

［鑑賞］「ういろう」を漢字で書くと、「外郎（ういろう）」。「外（うい）」というのは唐音だそうだ。辞書によると「ういろう」には二つの意味がある。①元（げん）の員外郎という職にあった陳宗敬という人が日本に帰化して伝えた外郎薬という丸薬。②その口直しに用いたといわれるお菓子。米の粉に黒砂糖などで味つけした蒸し菓子のこと。作者はおそらく②の意味であろう。羊かんのように甘くはないが、寒天とも違う微妙な味。グルメばやりの現代では好まれる味と思われる。「列」は、ならぶ、つらなるの意であり、現代ではイベントや宝くじ売り場の列などを想像する。だが、「ガス室へ続く列ではあるまいね」岩井三窓（『三省堂現代川柳必携』）という句が示すとおり、戦前・戦中派には苦い思い出の「列」である。作者は、同じ集の中で「平凡な赤い金魚が生き残る」「掃除機を引いて花野に来てしまう」と詠む。平和な時代を平和に生きた、感性豊か

な作家という印象がする。そこでの「ういろうの感じ」とは何か。生死にかかわる目的ではない列にいる自分自身。先行きの見えない「あいまいさ」「あやうさ」の予感に違いない。

［略歴］くさち・とよこ

一九四五（昭20）年、和歌山県生まれ。昭62年、津山番傘川柳会入会。平元年、川柳展望社入会現在会員。平6年、川柳塾入会。平15年、バックストローク入会同人。平7年津山の文学、平8年塾年間賞、平14年川柳展望賞、平16年岡山県文学選奨、各受賞。

［作者からのメッセージ］

私は列の先頭に付くことはまず無い、時間的に早くても後ろに回ってしまう。先頭の様子が判らない位置で止める決断もなくずるずると列に居る。羊羹のようにはっきりした甘さもなく、とらえどころのない外郎のように。

兄弟姉妹の中で故郷に残った夫と私お互いの親を見送り、そして今秋の野に立っている。これからの老いに向かい何を書いて行くのか静かに見つめたいと思う。

［作品］

香典を抱えた母が通過する

バス停の椅子と一緒に朽ちてゆく

諦めた事が画鋲で止めてある

グラジオラス足を閉じると倒れそう

バンザイをするとぽろんと古い釘

靴下がきついと父が降りてくる

痒いのは真後ろにあるプラスネジ

水漏れは指の先から生ぬるい

座布団を敷き詰めるしか術がない

揉み出すと雨の匂いのするヨモギ

おとうとは蜻蛉になって飯を喰う

ふるさとは崩壊途上納戸色

ひっそりと三和土に並ぶ靴の穴

静脈をつたって錆びた雨が降る

グラビアを咀嚼しているおじいさん

纏めるとセルの匂いのする家族

押入れにびっしり積もる桐の花

平凡な赤い金魚が生き残る

掃除機を引いて花野に来てしまう

息継ぎの微かな音がする柱

## 応援のとぎれた橋の上走る

久場　征子

［出典］『間違い絵』久場征子川柳集（川柳展望社、二〇〇三年）

［鑑賞］視点の鋭い作品である。沿道の両側が観衆で埋まったアングルならだれでも写すことだろう。「橋の上」はひとりで走るしかないのである。光の面よりも、その光が宿す影の部分に目を向けているのである。社会の強者よりも弱者の痛みにまなざしをそそぐ。

二〇〇五年一一月二〇日に行なわれた東京国際女子マラソンで高橋尚子が復活のゴールテープを切った。二年前のアテネ五輪予選を兼ねた同じコースで後半の上り坂でアレム選手に抜かれ二位となりアテネ代表に漏れた。「あの日から時間が止まっていました」と語る高橋選手にとって二年間のトンネルを抜けての栄冠である。作者と同じ思いの人たちに支えられて夢がつながったと言える。

「雑巾を持つ人なんとなく決まり」「捨てようと思えば少し鳴る楽器」など集の中にある句は、どれもはざまを衝いている。

川柳という文芸でどこまで詠めるかという技術的なことよりも、作品は作者の人間性にあるということを感じさせる。明るく前向きに、人にはあたたかくの作者が見えるからである。

［略歴］くば・せいこ

一九四〇（昭15）年、富山市生まれ。平2年、川柳えんぴつさわらび会入会。平4年、川柳えんぴつ社同人。平3年、川柳展望誌友、平6年、川柳展望会員

句集に『雪片』『間違い絵』。

［作者からのメッセージ］

広大な砂漠を雨雲を追って一生涯走り続ける飛べない鳥エミュー。雨雲の下は花畑、でも夢を見るために走って来た訳ではありません、花畑は生きる糧、そして飛ぶことより先に走りだしてしまったエミューがいとおしい。

高橋尚子は走った、二年間の時間を取り戻すために、支え続けてくれた人たちに答えるために。私も走るポストまで、生ゴミを出すために、そしてたまさかの表彰台にも私のために流れる沈黙の時間に耐えられないで走る。

［作品］ゆっくりとはじまるジェットコースター
元気でしょうかあなたの中に居るわたし
美しい蛇いろごとはかたちから
水草の陰にかくれて睦み合う
足音を小鳥のように聞き分ける
トンネルの中の二人は海鼠色
大人の遊びしようカナカナ鳴いている
鼻息の荒い馬にも乗ってみよ
夢を見ていただけなのに躓いて
繰り返し読もうアロエのメッセージ

さっきから口の中には蛸の足

逆なでをするから獣匂い立つ

振り向いた時はたしかに鬼だった

ともだちは女にかぎるスペアリブ

痛いのはたぶん上の歯だと思う

新しい傷口舌の届くとこ

あんたって脱ぎっぱなしの靴下で

洗濯物誰かをまたぎ取り入れる

踊っている人たちがいて通れない

鳥を生んだことは内緒で幻で

## 充電完了　雨も上がったようですね　倉田　恵美子

【出典】倉田恵美子川柳句集『希望』（新葉館出版、二〇〇六年）

【鑑賞】明るさがひびいて来る句である。プラス思考は、まず自分を照らし、周囲へその輪を広げる。この「充電」はもちろんモノではなく、人の心身への燃料補給であろう。意表を突いた書き出し、そして「雨も上がったようですね」と軽妙な会話体で盛り上げる感性あふれる手法である。この句は、同じ集の中にある「花束をもらって明日から無職」「羽衣をとられてただのおばさんに」を受けてのものである。作者自身の公務員勤務四十二年をふまえ、定年後の再出発にふさわしい一句と言えば読者もナットクするに違いない。仕事を持ちながら家事・育児をこなし、婚家の両親、実家の両親など多くの家族と調和して生きて行くことの難しさはことばには尽くせぬものがあったろう。

幸いにして在職中に知った川柳の道。いまは同郷の友人、宮村典子氏とともに「せんりゅうくらぶ翔」を立ち上げて輪を広げつつある。三周年を記念して発刊した句集『希望』そして宮村典子句集『夢』。この二つのタイトルがこれからの前途を象徴しているようだ。「短くて、鋭くて、自由な」この魅力ある文芸に集う愉快な仲間たちが21世紀を担う。

［略歴］ くらた・えみこ

一九四四（昭19）年、三重県生まれ。平3年、亀山川柳会入会。平5年、三重番傘川柳会入会。平12年、番傘川柳本社同人。平成8年度三重県文学新人賞受賞。平15年、「せんりゅうくらぶ翔」設立。

［作者からのメッセージ］

心のままに、自分に正直に……。

簡単なようで難しい。川柳というかけがえのない恋人に巡り会い、言葉を紡ぎ出す楽しさ、苦しさを知りました。

五七五音字を解くと、ロングストーリーがこぼれ出す……。

それが川柳であると、私は信じています。単なる言葉遊びにはしたくない。

フィクションであり、またノンフィクションである川柳。心の底からの叫びを言葉に変えるとき、開放された喜びを感じます。

［作品］さくらさくら　家族をおいて散れるのか
木蓮の白きに会いて目を伏せる
羽化の途中で春の嵐に遭った
深いふかいみどり生命を眠らせて
戻れない日へ木いちごの赤く熟れ
薔薇の芯から病んでゆくナルシスト
本降りになった　夢の途中なのに
向日葵の陽に背く日がきっとくる
向日葵の黄を散りばめよ逝く夏に
熱い熱い夢を見ました合歓の花

美しくはないが広げる羽根がある
熱愛という潮引いてゆく　やがて
なんでもないことだった　ひとつの別れ
別れの手紙コトリわたしを押しつぶす
翔ぶちからください　空よ風よ樹よ
秋桜の道に続いている童話
夕日が落ちる　少し哀しい音がする
林檎かじる冬の狼煙を上げるため
氷河期を生きる飛べない小鳥たち
熱いものありたぎるものあり　いのち

## 時は流れてトリノは淡き影法師

桑野　晶子

［出典］「川柳さっぽろ」平成十八年五月号（札幌川柳社、二〇〇六年）

［鑑賞］「時は流れて」という表現は時間の経過をいうもので、通常は10年、20年あるいは半世紀もの長い期間を指していた。

ところが、現代の時間のスピードは異常と思えるほどの早さで20世紀の人間にはとてもついて行けない。作者もおそらくそういう感覚で、わずか数か月前のイベントであるトリノ冬季五輪を例に比喩的に詠んだものであろう。冬季五輪としては、これまでで最も多い八〇の国や地域の参加を得て二〇〇六年二月二八日、一七日間の会期で終幕した。フィギュアスケートの荒川静香さんの金メダル一個に終わった日本であったが、「メダルだけが五輪ではない」と作家の角田光代さんが言った通り感動するシーンは少なくなかった。それでも終われば「淡き影法師」だと作者は詠み放つ。少し前までは、もうちょっと時間がゆっくり流れていたようだが。情の作家と言われてきた作者のこの一句。

常に時代にアンテナを張り続ける感性が若さを保つ秘訣なのであろう。社会詠を「消える川柳」などと敬遠せず、その時その時の自分の思いをぶっつける——それを実践する作者に敬意を表したい。

［略歴］くわの・あきこ

一九二五（大14）年、東京都生まれ。昭43年から句作。「川柳きやり」「川柳展望」「森林」「人」「魚」などを経て昭46年、札幌川柳社同人。現在、札幌川柳社同人。現代川柳「新思潮」「点鐘」会員。第6回川柳Z賞受賞。句集に『眉の位置』『雪炎』。

［作者からのメッセージ］

わが家から歩いて数分のところに、終日、見上げている手稲山中から流れ出る清らかな小川がある。

春には、小川の土手に新芽と水の語らいが、夏には、土手の芝や若樹との涼やかなハーモニーへ、そして、七彩に染め上げる秋天の樹々との融合、そんな、天、地、人との語らいが、私の一句を灯す原点となっている。

表記作品も、たまたまのテレビ情報から万里を越えて立ち上がった一句。

[作品]

一夜あければ送電線も雪の紐

夢売りの化身か真っ直ぐ生き足そう

ちちははよ　黄泉のみ空も雪ですか

参道は遅々と進まぬ神の国

梅いちりん綻びかける洗い髪

いま少し古書店めぐり雪に濡れ

地下街やふうーっと紀子の影を追い

次の世もじゃんけんぽんの友情で

もう少し生き足す十指パンの耳

とある日の二三句ひょいと神棚に

群青の空へ生き足すわが背丈

ほろほろと唄いつなぐか青梅は

雪はまだ　漬物樽は順調に

ぜんまいの二本・三本身を洗い

新しい学帽残雪踏みながら

こもごもの思い学徒のうしろ背は

八月を仕舞う西瓜をまっ二つ

青芒二本と濡れる石狩野

はたはたと雪にたたかれ微熱の帽子

枯野にも新芽えんぴつ削っておこう

## わが父に疑うことは習わざり

古賀　絹子

［出典］『古賀絹子60句集』（私家版、二〇〇六年）

［鑑賞］率直簡明な句である。これだけ一直線に言い切られると人生哲学を感じる。剛直な父とその娘。近ごろは少なくなった父と子のありようがイメージされる。「習わざり」の「ざり」は、古語形で「打ち消しの助動詞」。「習わなかった」という意である。当然、人の本性は善であり、不善となるのは欲におおわれたためであるとする孟子の説に立つのであろう。しかし、いまの世の中、これとは全く反対の行動にでるひとが多く、性悪説の荀子の説に傾きかける。作者はそういう現状であることは百も承知で、「わが父」から教え伝えられた処世の道をもってよしとするのである。「習わざり」と言い切ることによって、自分を納得させつつ子や孫たちにもそうあって欲しいと願っているのであろう。人それぞれの生き方は百人百様であるが、このような身の処し方はいさぎよい。同じ集の中に「恩讐を丸めて久しぶりと言う」

という句があり、これもまた豪快な作品で感動を覚える。一回きりの人生だからこそ、その日その日をおのれの信念を貫いて生きる——この思いには男性・女性の別はあるまい。背筋がピンとする一句である。

［略歴］こが・きぬこ

一九三九（昭14）年、福岡県生まれ。昭45年、新聞初投句、選者渡辺蓮夫に師事し昭54年、川柳研究社入会、昭55年同社幹事を経て現在、川柳噴煙吟社幹事同人。全日本川柳札幌大会、大会賞。平11年オール川柳賞準賞。平13年度ふんえん賞。日下部舟可著『女流・その世界』参加。

［作者からのメッセージ］

南こうせつの歌に〝春になればさがり梅の花が咲きますお父さん〟という詞が出てくる。これは枝垂れ梅のことで、九州の田舎に住む彼のお父さんだけの呼び方なのだそうであるが何と味わいのある父子のことばだろうか。造語ながら素朴な存在感がある。

わが川柳もかくありたい。読む人の心にふんわりと下りてゆく易しい言葉で、おかしみや哀歓など生活に根差した作品を赤裸に書いて行きたい。自分の魂の在り処を探しながら。

[作品]

出発ロビー開放感の中に居る

行きずりにファッション時計買って夏

洗礼は総身に上京後の訛り

郷に入る地酒を買ってみる任地

リゾート化老いた河童が目を回す

乗ってみておもしろかった口車

控え目な金魚に届くこぼれ餌

凡人の昨日有して今日迷う

対岸のトランペットを聴く夕陽

後攻めもあり人生の幾山河

地平線わが足跡の貧しかり

おでん鍋子ら居た頃をおもう秋

親しさで買う大根の売れ残り

主婦の掌に艶を戻してくれる旅

今日終えて聴く秒針の緩やかさ

ひっそりと十字架を抱く夫婦箸

散る花へ思わず両掌さしのべる

美しく別れるための今日となす

五百羅漢に似る空豆とひとり酒

舞台はまわる私が居てもいなくても

# 夫の背丸いそろそろ許そうか

古俣　麻子

［出典］『新世紀の現代川柳20人集』（北宋社、二〇〇一年）

［鑑賞］いろいろなドラマを感じさせる句である。例えば、近く団塊の世代が定年を迎える。団塊の世代とは、第二次大戦直後数年間のベビーブームに生まれた世代をいうもの。その年代が人口分布図で見るとかたまりになっていることから名付けられたという。

同年代の者がわんさといるので、進学、就職、結婚そして会社内の昇進もすべて競争にさらされる。夫がそうであれば、その配偶者の妻や子供たちも巻き込んでしまう。いわば家族ぐるみ波乱の人生を多くの人が経験する。ただ青春時代は、ビートルズに代表されるポップブームで、エレキギターを抱いて踊りまくり興奮の渦にひたる。

音楽とは縁の深い世代と言えようか。定年を前にして静かな音楽ブームが起きていると報じられているが、なるほどと同感する。

掲出句の作者自身は、やや若い年代だが何を訴えたかったのであろう。

後半の「そろそろ許そうか」の表現からすると、それなりの紆余曲折はあったと思わねばなるまい。

パソコンの手を休めて自作の曲を弾く夫は、もう少年の顔である。これまでよりも、これからを考え直す時間が来たのだろうか。

〔略歴〕 **こまた・あさこ**

一九五二（昭27）年、神奈川県横浜市生まれ。平10年、川柳を始める。平成12年、川柳路吟社同人。現在、現代川柳「新思潮」正会員。「双眸」幹事。「バックストローク」同人。『新世紀の現代川柳20人集』参加。

〔作者からのメッセージ〕

「なぜ川柳を創るのか」と問われたら「心を解放するため」と答えよう。川柳という無限空間のなかで、家庭や社会のなかで退化していく翼を思い切り広げ、飛ぶことのできる自由はなにものにも替え難い。背筋を伸ばし、笑顔で日常を過ごすためにも、川柳という良薬は欠かせない。好きなのは作者が見える川柳や、ドラマがある川柳で、それに叙情が加われば感動してしまう。これからも誰の亜流でもない自分色の川柳を書いていきたい。

[作品]

飲み仲間ぽろぽろ落ちる梯子段

くちびるを奪える距離という遠さ

過去ばかり注ぐグラスとは遊ばない

酌み交わす君も寂しき多弁かな

心中をしようかなんてヨーグルト

かたちなきものと遊びぬ夜の底

翔べぬ日のつげ義春と昼の酒

エバミルク　少女をつぶすスプーンの背

シャッターを下ろすネクタイほめてから

入り口に出口と書いてある小部屋

雑居ビル明日のわたしとすれ違う

釣れなくていいせせらぎを聞いている

てのひらと同じ温度にする手紙

焦点がわたくしにない家族写真

夫婦とやグローランプがぽっと点く

パッチワークの青い空だとしても　妻

連れ添ってほどほど殺意　星月夜

この子抱く抱かれたかったように抱く

頬ずりが魔法であった頃のこと

子の寝息母は夜空に逃亡す

## 嘘つきにならないように口つぐむ　　近藤　ゆかり

［出典］『せぴあⅡ』（川柳グループせぴあ、二〇〇五年）

［鑑賞］反語的表現で現代の何とも生きにくい世の中を言い切る。ものの言えばくちびる寒しで、話したことばの表面だけが独りあるきして誤解を受ける。善意のひとことも悪意ある刃(やいば)と受け取られて憎しみを一身に受けることになる。だれでもこういう経験があるのではないか。特に価値観が多様化した現代社会では、どのような生き方もできるかわりに、およそ予期せぬ批判や災難に出遭うことも多い。そのため真実と思っていても、それを口にすることを憚(はばか)ることになるのであろう。むかし、フランキー堺主演の「私は貝になりたい」という映画があった。作者は、それほど深刻なことを想定して詠んだのではあるまい。しかし、近年、個人情報保護法という法律も施行されて、本来明らかにすべき情報もすべていけないものとしてしまう傾向がある。過渡期に行き過ぎはつきものだが、同窓会名簿も学級通信も配られないとしたら、ど

うやってみんなの絆を保つことができるのだろう。同じ集の中に「後出しのグーチョキパーで暮れてゆく」という句がある。みんな後出しの世の中になるのだろうか。

［略歴］こんどう・ゆかり

一九五〇（昭25）年、京都市生まれ。昭48年、川柳を始める。昭48年、川柳グループせぴあ入会。昭60年、第16回福岡市文学賞。平12年、川柳新子座準賞。現在、川柳グループせぴあ事務局。川柳大学会員。「笛」会員。句集に『桜貝』。『川柳の森』『輪舞の森』参加。

［作者からのメッセージ］

柳歴を省みて、作句スタンスは初心の頃とあまり変わっていない。かつて私にとっての川柳を問われ「生きている呼吸であり、証でありたい」と答えた。川柳に出会ってから、日記を一切書かなくなったこともその裏付けでもあろう。ただし最大のテーマの「人間」を文字に定着させるには、その切り口が見せ場だ。スパッと切り取れた快感を味わえることは、そう度々はない。だからこそ、長々と川柳と取っ組み合っているのかもしれない。

［作品］
福豆がころころころと逃げてゆく
追いついてみればのっぺらぼうの春
早送りすると桜が散っただけ
待ちぼうけの数だけ街路樹が繁る
道問われふいと知らない町になる
ブロッコリーの森にさ迷う午後の鬱
言い勝ってなにほどのこと冷めたお茶
畳まれる地図のむこうの土煙
初心にかえれ白いご飯に目刺し焼く
筆まめに個人情報漏らしおり

われ勝ちに蔓を伸ばしている真夏
百日紅子供のいない家となる
ねこじゃらし揺れて帰らぬ人ばかり
さよならのあとも声する電話口
わたくしの顔して笑うぬいぐるみ
知らないと言い切るあとに虫すだく
言葉尻濁す父母老いてより
介護とや背もたれのない日々となる
春よまだ来るなどうにもならぬ身に
なんぴとになろうか旅の朝明ける

# 姉の尺度はいい加減でしあわせ　　西郷　かの女

［出典］「川柳しらゆき」第20号（十日町川柳研究社、二〇〇六年）

［鑑賞］川柳はわかりやすくて深いのがいい。シンプル・イズ・ザ・ベストなのである。その見本のような一句と言えようか。

まず、「姉」の一語で書いた人はその妹であることがわかり、姉妹の比較であろうと想像する。「尺度」は、「ものさし」の意。計量・評価の標準」（『新明解国語辞典』第六版、三省堂）と辞書にあり、ここでは人生やものの見方を言うのであろうと推量がつく。

さて次の「いい加減でしあわせ」というのが作者の批評である。普通、「いい加減」とは、出鱈目、無節操といったイメージと結びついて、それこそ「ええころ加減」な奴と思われそうである。ことばというのは、使う人次第で名刀になったり、逆になまくらになったりする。ここでの「いい加減」は「良い加減」つまり、自身の生き方にとってそれが一番だと信じているものさしなのであろう。生きることへの信念があれば、大きく狂うことのないもの。例えば親と子の愛情、人との接し方も間違いなく「しあわせ」につながると感じている。知識よりも実践なのだろう。川柳創作も同じこと。「趣味で描いている川柳なのだから自己流を貫きたいと思っている」と言い切る。

[略歴] さいごう・かのじょ

一九二八（昭3）年、新潟県十日町市生まれ。昭28年ごろから川柳を始める。昭31年、川上三太郎に師事。昭33年、川柳研究社幹事。現在、十日町川柳研究社主宰。「新思潮」正会員。十日町市教育文化功労賞・第24回川柳Z賞、風炎賞受賞。句集に『輪廻』『凡婦青天』。

[作者からのメッセージ]

地震・豪雪と頭がおかしくなりそうな月日が続いた。不治の病である難病に取りつかれて暗い穴の中にいた時、私を奮い起たせてくれたのが「川柳」だった。川柳とお洒落と花いじりで今の私がある。二人の娘、全く性格の違う姉妹だが、母を慕い、母を叱り、たまには川柳も読んでくれる。夫もまだいるし、私は幸せと疼さを忘れる。

［作品］

きさらぎの弥勒菩薩と添いとげよ

赤糸縅の装束で散るさくら

あれはまぼろし花の精きて花の乱

固い手も柔らかい手もわたしの手

病みき　せめてまあるい乳房であれ

形見わけ母の亡母より受けし衣（きぬ）

いのち燃えつきる日の花筏

冬桜さくらさくらと狂うまで

おとうとよ白い椿が咲かず散る

木偶の坊　眼は爛爛と水牢に

まだ生きている一兵卒のハーモニカ

痩せた身体にまたも採血　血はむらさき

相応のお洒落は必須アミノ酸

仮の世や吾が偽りも咲いている

縄文の土偶はやさし母の乳房

白般若何の恨みの雪の嵩

密かに密かに雪積もる　火の粉

「湖の伝説」なずな草麻生(くさまお)母時雨

昇天　よだかの星になれなくて

暁やこの疼痛の北の天

# 無宗教明るい曲も友である

齊藤　由紀子

【出典】「川柳研究」平成十七年十一月号（川柳研究社、二〇〇五年）

【鑑賞】親しくしていた友が亡くなり、その友を送る儀式に参列して詠んだ五句中の一句である。無宗教ということで、仏式での読経やキリスト教葬での賛美歌などもなく、音楽だけが流されていたセレモニーと推察される。それも「明るい曲」とあるので、故人が生前愛唱していた歌謡曲・ポピュラーの曲でもあるのだろうか。近年、人生の別れの儀式である葬儀を故人の「個人」の意思を尊重して、音楽葬のような形で行われることも多くなった。団体葬、学校葬などで主催団体が進行することが多いが、個人葬でも行われる。「あの名曲で最後を飾ってほしい」「自分にとって忘れられないメロディだから」と生前予約で曲目を指定する人もいると言う。

だれにも必ず訪れる生との決別を意義あるものにしたいと思うのは当然であろう。葬儀は長い間、社会的儀礼と考えられ、そういう社会的習慣にみんな従って来た。本当は違うのではないか。もっとロマンあふれるものにしたいとロマン葬や散骨ということが出て来たのであろう。「友が笑む　少うし他人めく顔で」の句も詠む作者には、その友の気持ちが充分に伝わっている。

[略歴] さいとう・ゆきこ

一九四一（昭16）年、東京都生まれ。公民館の川柳講座で川柳と出会う。平6年、川柳研究社幹事。㈳全日本川柳協会常任幹事。NHK学園川柳講座講師。

[作者からのメッセージ]

なぜ川柳を？の問いに答えても円周率のように切り捨てることのできない感情の尻尾が残るだろう。平凡な日常の暮しのなかで漂っている思いを掬うことで、自分の中の何かを宥めたいのかも知れない。でも川柳はそんなに優しく笑いかけてはくれない。未熟さを思いっきり叩かれる。柳誌を読む。十七音字の中に込められた作品の思いと共感することで繋がってくる見知らぬ他人との距離。川柳の手招きに誘われ続けている。

［作品］

義理捨てて遊びましょうか春の風

春の靴プラス志向になってくる

干し柿の甘さ綺麗に業を消す

平和万歳よく靡く葦である

決心が鈍る向うの水が甘そうで

出自など言わない花の芽が伸びる

ミスコンは無い菜園の茄子胡瓜

無駄遣い命を少しだけ煽る

パーフェクトゲームはいらぬ厨の火

新しいレシピでマンネリを揺する

雑巾を絞る思考はゼロにして

反論へスイッチオンの脳になる

傘を打つ霰新たな悔いが涌く

輪の中に群れて平均値を泳ぐ

少子化の果てのピーターパンごっこ

皆既日食　人間が頼りない

頬杖の先捨ててきた夢を追う

掌の錠剤今日の命かも

和解して春の音符を手に入れる

曼荼羅を描いて夫婦に降る月日

# 振り向いて欲しい名もない花だけど

坂本　香代子

［出典］『坂本香代子30句集』（私家版、二〇〇六年）

［鑑賞］日本列島に住み着く日本国民。その大多数は「名もなく貧しく美しく」の庶民である。確かに新聞紙上を大活字で賑わせる人々もいるが、それらはひと握りの人たち。

子が出来て川の字になりになる夫婦　柳多留初篇

焼きざかなうちわを読んで叱られる　柳多留十篇

現代と酷似していると言われる江戸時代。そこに生きていた庶民たちも「名もない」人々であり、それが『柳多留』に詠まれている。貧しいが心ゆたかに、そしておおらかに人生を生き抜いていた。物の豊かさにおいて現代は恵まれているかも知れないが、決して一億総中流というようなものではない。財政改革という大義のもとで、痛みに耐えて毎日を懸命に生きているのである。

「ひまわりに負けぬ大きな笑い声」集の中にある作者の句のように

極力プラス思考で困難に立ち向かっている。一国の政治、経済のリーダーたちは「名もない花」に振り向く視点があるのだろうか。老いた両親の介護に追われながらも納税期には、確定申告の列に並ぶ。作者もそして筆者も。

［略歴］さかもと・かよこ
一九四七（昭22）年、茨城県生まれ。平13年、つくばね川柳会入会。

［作者からのメッセージ］
桜って不思議ですね。今年も親友と裏の空き地の一本桜に招かれてゆったりと一日を過ごすことができました。離れた町に住む親友とはなかなか逢えませんが、お互いに絵手紙で近況などを伝え合ったりしています。花の下で年に一度親友に逢えるなんて最高に幸せです。親友は得意ののり巻きを私はおいなりさんを作って持ち寄り、あんみつとコーヒーに満たされ身も心もリフレッシュ、さあ明日からまた頑張りましょう。有難う一本桜さん。

[作品]

ひまわりに負けぬ大きな笑い声

揚げたくて買った日の丸忘れてる

雑草と悟ってからの身の軽さ

しあわせってこんなものかな蟬時雨

亡母かしら豆を摘む日の白い蝶

高いけど話上手な獣医さん

倒れてもトウモロコシは立ち上がる

絵手紙で花の命を追いかける

悲しいけど笑っているのホトトギス

子はないが丸々とした猫が居る

怒鳴られるたびに小さくなる乳房

愛すこし不足してます骨密度

物干しに愛がゆったり舞っている

笑ってはいるが許さぬバラの刺

散り際もパフォーマンスはない桜

正直な人だ白髪を染めてない

おおらかで賞味切れなど持ってくる

暖かい二階は妻のテリトリー

たっぷりとポテトサラダに盛る笑顔

歩こうよ助けた犬に励まされ

# 紐かけて寺山修司卒業す

坂本　浩子

[出典]『ぜぴあII』(川柳グループぜぴあ、二〇〇五年)

[鑑賞] わずか十七音字の句の中に固有名詞を入れ込むのは、よほどのこだわりがあると言ってよい。しかも「寺山修司」というビッグネーム。私たち短詩型を志すものにとっては忘れ得ぬ人である。

マッチ擦るつかのま海に霧ふかし身捨つるほどの祖国はありや

海を知らぬ少女の前に麦藁帽のわれは両手をひろげていたり

アカハタ売るわれを夏蝶越えゆけり母は故郷の田を打ちていむ

この鮮烈な青春の歌は、年代を超え、かつ時代を突き抜けて多くの人に愛誦されている。作者もまた彼の歌と生き様に惹かれたに違いない。

「紐かけて」の一語は、まさに象徴的。かつて、校長が教育勅語を桐箱から白手袋で取り出して読み上げ、それを頭を垂れて聞き入った生徒のひとりだったのかも知れない。

紐をかけてしっかり格納しなければ卒業がかなわなかった。短歌・俳句・詩・小説・映画・演劇と多くのジャンルを駆け抜け、栄光と挫折の谷間を渡った彼へのはなむけの一句。作者はいま同じ集の中で「ガーデニング鳴呼堂々の軍手なり」と詠みあげている。

［略歴］さかもと・ひろこ

一九三四（昭9）年、福岡県生まれ。平3年、川柳グループせぴあ入会。平4年、川柳展望誌友・会員。平8年、川柳グループせぴあ合同句集Ⅰ。平17年、川柳グループせぴあ合同句集Ⅱ。平18年、福岡二〇〇五文学賞受賞。

［作者からのメッセージ］

時実新子川柳に触発され、川柳グループせぴあに入会して十四年、いつの日か娘達が読んでくれたらと思いながら拙い句を綴ってまいりました。

現在家族三人の住居は狭隘で、柳誌や句集は勿論のこと、月刊誌や本棚をささやかにはみ出した愛読書（本覺坊遺文・井上靖）と同じ空気の中にいます。七十歳を過ぎますと身辺の整理が課題ですが、セピア色の文庫本さえ処分することは出来ません。鉛筆もノートも無かった少女時代を切なく思い出すからなのでしょうか。

［作品］

今一度頬打たれたし花の下

出ておいでワインの好きな春の鬼

またの春どうあれ雛は雛のまま

力みすぎの写楽となぜか気が合うて

魂を洗うほどには降らぬ雨

ストローの先で崩してゆく真昼

追うものを失くしてからの日の永さ

窓枠の外が私の美術館

噛むように飲む八月の苦い水

一票を持ってゆく日の猫じゃらし

弟よ今は銀河でクロールか
彼岸花三本ほどの家族なり
月影を踏みたくなって下駄を買う
ぼんやりと喪服のサイズなど思う
風花に母の余命を問いかける
飛行機雲消える辺りの僂ごと
枯枝を二本並べて父の足
昔ばなしも終わりに近い雨のカフェ
また来ると軽い言葉が雪になり
櫨並木三十本の先に墓

## 華の舞うトゥーランドット巻き戻す　佐々木　つや子

［出典］「川柳宮城野」平成一八年四月号（川柳宮城野社、二〇〇六年）

［鑑賞］「トゥーランドット」という曲の名前、そして「イナバウアー」というフィギュアスケート の技の名前は二〇〇六年のトリノ冬季五輪が始まる前までは限られた人しか知らなかったことだろう。

それが、その曲で演技した荒川静香選手の金メダルで世界中の人が記憶することとなった。あれはまさしく「華の舞い」であった。

荒川静香選手がフリープログラムで使った「トゥーランドット」は、プッチーニ作曲のオペラの曲。「カラフ王子と中国の王女の物語」であるという。皇帝の一人娘トゥーランドット姫に一目惚れしたダッタン国の王子カラフは難問の三つの謎を解いて結ばれるだろうか――オペラの展開となる。

「イナバウアー」は、その技を開発した選手の名。旧西ドイツのフィギュアスケーターという。荒川選手のは「レイバック・イナバウアー」

と呼ぶそうで上半身をそらしながら滑る演技が人気。でもこれはトリノからの新採点法では得点にならない。それでも観客に見てもらいたいとあえて演技。そのこだわりが結果として勝利の女神にキスされたのだろう。作者が「巻き戻す」価値のある画面である。

［略歴］ささき・つやこ

一九三三（昭8）年、宮城県生まれ。川柳宮城野社同人。川柳宮城野社副主幹。

［作者からのメッセージ］

川柳の伝道師のような「大島洋」先生との出会いでこの道に入り、その熱心な指導に戸惑うばかりだった。誘われるままに深い感慨もなく始めた川柳だが、大勢の人達と出会いその絆に結ばれて、いつの間にか私の趣味の中でも一番の比重を占めている。川柳宮城野誌の編集部に在籍して久しいが、日々学ぶことばかりで、毎月生まれたての沢山の作品との出合いも嬉しい。

川柳に情熱を注ぎ、志半ばで逝かれた師の意志をいつも心に置いて、制約されたことばの中に、もう少し自分の可能性をみつけて行きたいと念う。

［作品］

春の絵を描き足す墨を淡くして

鳩尾のあたりに続く父母の家

薄くなる虹も記憶もほろほろと

花は葉に討たれ上手になって行く

身の丈の風を纏って現住所

黄昏の窓に自画像丸く描く

花冷えやおんなが灯す夕ごころ

十薬の花しろ白と休診日

躓いた石に思想が試される

ハーメルンの笛が遠退く勝ちいくさ

またひとり朋を失くした半仙戯

想い出の話す人なき軒燕

やさしさをまとって試着室を出る

一人にはひとりの愉快月おぼろ

ラ・フランス程の丸さにならなれる

ぽっくり死ひそかに願う鬼薊

ときどきは吾が身を写す照魔鏡

真珠色の月が家出を唆す

四季桜出会い重ねて訣れ重ねて

やり直し出来れば母の胎内に

# 動かない男の目玉憂国忌

笹田　かなえ

［出典］『新世紀の現代川柳20人集』（北宋社、二〇〇一年）

［鑑賞］この句の読みは、二つにわかれることだろう。まず「憂国忌」という作家三島由紀夫の忌日にかかわることから、国を憂える男の直情を「動かない目玉」ととらえたのであろうと解釈するのである。

では、もう一つは何かと問いかけるに違いない。この句を詠んだ作者は女性。だとすれば女性の視点で男という生きものをとらえたのではないか。

この句は、集の中で「雪の稜線　はるかに裸身横たえて」と「雪は降っていますかという遠い声」という作品にはさまれた一句なのである。エロチシズムの極致の中で男性という本質を見きわめたものと読むとこの作家の創作姿勢と一致する。情念にひたりながらも、男のどこか冷めた想念をしっかりと見ている。

「私だけを見てほしい」女性と、抱擁のさなかでも別のことを考える男性。どうしようもない違いがあるからこの世が成り立っていると思えないだろうか。作者の持つ不思議な感性で人類永遠の謎の解明へと迫っている。

［略歴］ささだ・かなえ

一九五三（昭28）年、青森県生まれ。平2年、川柳を知る。同年、川柳展望誌友。平3年、川柳展望会員。「ラエティティア」「あさひな吟社」所属。句集に『水になる』『父へ』。『新世紀の現代川柳20人集』参加。

［作者からのメッセージ］

つくづくわがままな性格だ。だから川柳も書きたいことしか書けない。目まぐるしく変化する世界情勢や腹の立つ事ばかり風潮を目の当たりにしながらのマイペースは、肩身の狭いものもあるのだが、書くものはいつも同じようなものばかりだ。
技巧もないし語彙も貧しい。
でも、書きたい。私を楽しませてくれる川柳を。作りすぎず、かと言ってあたりまえすぎずに。

［作品］

雪の日の通りすがりのピンクです

セーターをほどくみたいに逢いましょう

木の椅子の木の背もたれの木のくぼみ

凍てついた夜をきしませ来るひとだ

質問でも答えでもなく下を向く

つつがなくうばわれることのみの　青

くちうらを合わせる夜を閉じこめる

絵の中の水が行ったり来たりする

濃紺にねじれはじめる鳥の影

くぐもった声を跨いで動けない

ＳＥＸとルビふる肩へ背中へと

つらつらつららはずし忘れたイヤリング

正体をあらわすときの水の音

ふくんだらなまぬるそうな緑だわ

あまずっぱくなくなったから遊ばない

ともすればまだくらがりにあるうなじ

見送った曲がり角から夜になる

指さきの痛いところで見失う

遠く近く連なる光見て帰る

木蓮の白亜紀からのものがたり

# 生きるとは難儀バス停まで走る

佐瀬　貴子

［出典］『佐瀬貴子40句集』（私家版、二〇〇六年）

［鑑賞］生活感あふれる句である。「難儀」ということばが何とも絶妙。もともとは難解な意味内容の意だったそうだが、ここでは「苦労が多い」という意味に使われる。

川柳は、日々の生活の日常からすくい取る句から、社会性のある句、そして自己の情感を心象的に詠い上げる句、フィクションも交えてドラマ性のある句など幅広い。それぞれに特色があっておもしろいのだが、こういう生活の実感を、日常あまり使わないことばで適切に表現されると「なるほど」と納得してしまう。「難儀」の内容が「バス停まで走る」という具体的な行動で示されるからドキッとする。

このドキッと感を、川柳では「穿ち」の手法と言っている。なぜ走るのかということを読者に説明しなくてすむから便利である。

読者は、それを自分自身の体験に照らして「ああ、そのバスに乗らなければ遅刻してしまうからだろう」とか「子どもがお弁当を忘れたので急いでとどけに行くのだろう」とか、さまざまな情景を想像してくれる。同じ集の中の句「子育てへ時々酸素薄くなる」と同様に作者のユニークな把握で活きた作品といえる。

［略歴］ **させ・たかこ**

一九四六（昭21）年、茨城県生まれ。平14年、常陽藝文センター川柳入門実作講座に入門。平15年、NHK学園川柳入門コース入門。平15年、ひたちなか川柳会。

［作者からのメッセージ］

ミジンコの様な存在の女性が生きた証として何か残せる、こんなすてきな事がありましょうか。人生折り返しを過ぎてからの川柳との出会いとチャレンジ。もっと早く出会っていればと悔やんだりしますが巻き戻しはできない。逆にだからこそ最後のろうそくの炎の様に燃え上がるのかも知れません。

自分の句の拙さはさておき今や川柳は恋人。一方的だとしてもその情熱はかなり熱い。

[作品]

人間がとことん好きなストラップ

好きなのは春マシュマロに似てるから

優しそうな目のこけしから売れて行く

優しくされたいから優しく生きる

愛が重くてぺしゃんこになる踵

宿命の荷が歪ませる尾骶骨

河豚程でないが毒ならわたしにも

シグナルの赤身勝手な人になり

メレンゲの角で斬り込み自滅する

絵コンテが未完脱皮がしきれない

不遠慮に来るから今も夏ぎらい

ご用心比熱の低い女です

一言に体温までを変えられる

神様は心に老いを作らない

善人になるには心脆すぎる

カッターの刃にも反応する魔性

生き方の類似品なら知っている

急く旅でなし真っ直ぐな道は避け

人間の真正面から暮れて行く

ロボットに感情線が浮いてくる

## 「けれども」がぽつぽつと建っている　佐藤　みさ子

［出典］「MANO」第11号（MANO、二〇〇六年）

［鑑賞］「もし」「たら」は仮定のことばであるが、この「けれども」は、ある一定の事実は認めた上で同類の事柄を対比的にあげるのに用いられる。これを世間を騒がせている耐震強度偽装事件にあてはめると、「もしそのビルを買っていたら」ではなく、「買っていたけれども」「住んでいたけれども」となる。仮定ではなく現実であるところに被害を受けた住民の方たちの苦しみがある。日本列島は地震帯の上にあり、そこに建てられる住居は備えが必要である。

そのために制定された法律、直接的には建築基準法、建築士法、建設業法などがあってそれを遵守することで住む人の安全と快適な住環境が確保される。もしそれを守らない人がいたらという仮定は許されまい。狭い国土に人が集中して住むわが国では、天にそびえる高層マンションが少なくないからである。掲出句の「ぽつぽつと建っている」

の喩は痛烈。あってはならない現象を予見していたのか。「正確に立つと私は曲がっている」同じ集の中の句。作者の身のうちにある批評精神が炸裂したと言えよう。

[略歴] さとう・みさこ

一九四三（昭18）年、宮城県生まれ。「川柳杜人」同人。「MANO」会員。句集に『現代川柳の精鋭たち』28人集参加。

[作者からのメッセージ]

五月一日は、母の誕生日である。その日、庭のアヤメも都忘れも紫苑も切り取って母の病室に飾った。

死は必ず来るものだが、できれば親の後に死にたいといつも思っていた。高齢の父母とかかわる日々を恐れ、心の準備をしていたつもりだった。

老いや死を自然に受けとめるために「川柳」を書いていこうとなどと思っていた私だが現実の老いや死は、はるかに想像を越えるものだった。「川柳」とは何ものなのか。今の私には全くわからない。

［作品］

正確に立つと私は曲がっている

空を飛ぶときの太もも足の裏

まあまあの袋の中のわたしたち

顔の無い人がつくった夕食です

まだ来ない痛みを待っているような

おじさんはたぶんけむりでできている

山々をながめて親を手放す日

存在のはじっこにある両手足

災いに布をかけると人のかたち

白菜の意志をたしかめようとする

わたしが造るわたしは誰なのか
恐い人だった下から見上げると
アスベストでしたねと犬が言う
どこでもドアー蓋を開けると老父母がいる
腐らないように時々うつぶせに
もうすこし掘ればでてくるわたしたち
とりかえしのつかないものを披露する
おばあさんはこれからいぬになるところ
こういう人だったと片づける新聞紙
食べられぬものをひねもす焼いている

# シャガールの街を左に介護バス

佐藤　桃子

［出典］『点鐘雑唱』二〇〇五年刊（現代川柳・点鐘の会、二〇〇六年）

［鑑賞］作者は一九八五年に、第一句集『花あかり』を世に出した。

ふいの目隠し逢いたい人の名がこぼれ

雨が止んだら帰ってしまうイエス様

きりきりとレモンを搾るいのちたい

などの鮮烈な句に目を見張ったものである。それ以後を期待していたのであるが、いままた社会への視点を深めて登場した掲出句である。

画家シャガールの作品は、『わたしと村』の絵で知られるように幻想的風景である。ロシア生まれのユダヤ人画家でユダヤ神話と聖書の世界を生涯描き続けた。パリ・オペラ座の天井画なども観た人は多いだろう。

掲出句は、そういう幻想的な街並みを視界に入れながら、現実にはデイサービスに行く高齢者を乗せて走っているという落差、いわば一物衝撃を見せようというのであろうか。
実際に、いまお年寄りといわれる人たちにとって、特に都会はバーチャル世界のような視界である。かつて企業戦士として君臨したころのなつかしい下町風景は見るべくもない。かくして左側通行の交通ルールに揺られ揺られて生かされているのである。

［略歴］ さとう・ももこ

一九三四（昭9）年、愛知県生まれ。昭30年、川柳みどり会入会。昭50年、川柳展望入会。昭55年、綿毛の会設立。平5年、ふれあい川柳会設立。現在所属、点鐘の会、凛、現代川柳ミュー。句集に『花あかり』。

［作者からのメッセージ］

小学二、三年生の頃、兄は私に日記や短歌を書くことを教えてくれた。兄は二十歳で戦死してしまったが、その兄が導いてくれたのか私はいつのまにか川柳の道を歩いていた。短詩型の難しさはあったが、自由に書ける川柳は私の青春そのものであったことは不思議な縁である。年月を経た現在もなお川柳は私を虜にしている。どうやら私は川柳という脱げない赤い靴を履いてしまったのかも知れない。

［作品］

頬杖の向こうはすでに老人社会

ストーリーにはなかった街角を曲がる

花から花へ心あそびのままなるか

ポケットを叩けば風の出る仕掛け

あなただけの常識論でシャボン玉

同時通訳のみにくさもある舞台

みんな手をつないでいる寒い絵だ

人に見せる手のひらは別の手のひら

真っ直ぐな道の退屈さは何か

硝子細工の不思議な闇が広がりぬ

花束のその中にある急斜面

一言は飲むか飲めぬか朝の珈琲

両の手の軽さをいまはだまっている

ガラスの馬　割れて哀しみのかけら

歩をあわせ一枚の絵になろう

病名は謎めいていて彼岸花

カラフルな錠剤　明日は明日として

雨の音する　鳩尾のあたりから

遠ざかる人のかたちに梅匂う

よく笑うひとのうしろの葉鶏頭

# 曲り角の電話ボックス消えている

里上　京子

［出典］「現代川柳・点鐘」第一一三号（現代川柳・点鐘の会、二〇〇五年）

［鑑賞］俳句は写生が大切と言われる。それはそうであろう。ものをしっかり見なければ一句も詠めないからである。川柳はなおさら写生がいのちと言えば「えっ！」と返される。川柳の写生は、ものをものそのものとして確かめると同時に、それを脳波でみずからの磁気ドラムに送り込む。そして「こと」事象データと照合して一句に仕立て上げるのである。

昨日まであった電話ボックスが消え失せていたという驚きはこうやって表現される。

一九五三年に、十円でかけられる赤電話が登場してから半世紀、こんどは青電話の街頭電話ボックスの姿が少なくなって来ている。ケータイ・FAXなど代わりの通信手段が普及して来たためであろう。

時代の変化を身近な物の動きでとらえるのは川柳の得意技。かくして赤電話が消えれば、看板娘のマーちゃんが消え、目印のボックスがなくなることでカレとの別れを予感するのである。「物」には、その物を見る人の原風景があって、それには個人差があるだろう。

掲出句は、作者としての感覚で瞬間的に時代をとらえている。

［略歴］ **さとがみ・きょうこ**

一九四七（昭22）年、和歌山県生まれ。平13年、「現代川柳　点鐘」入会、墨作二郎に師事。平14年より川柳「凛」誌友。

［作者からのメッセージ］

未知の風景や出会いを期待してしまう曲り角、たとえ厳しい現実が待ち構えていたとしても…。変わりゆくもの、不確かなものに心惹かれる。言葉にすれば嘘っぽくなる言葉の危うさ、真実以上に真実を映す嘘の不思議にもそれは通ずる。自分の心で言葉を追いかけ、すこんと抜ける瞬間がたまらない。言葉遊びのクライマックスである。その一瞬の快感のために川柳を作っているのかもしれない。

［作品］

母を脱ぐ重いコートを脱ぐように

突っかい棒とれば嵐になっている

渡された錨をじっと持っている

月光の椿言い訳ばかりする

許し合う嘘が勢いよく燃える

やはりよりまさかで開いているうらら

返り血を浴びて大樹になってゆく

こだわって斜めをふいにしてしまう

送り火のフーガ大の字が消える

酸欠の金魚こぞって空中遊泳

土壇場のところで滝になったのね
パソコンにドンキホーテをしてしまう
ＢＯＲＯに揺すられる大阪がせつない
昔をかき回して綿菓子の甘さ
大空へ結果を放り投げてやる
ジーンズのところどころに換気口
常識に呑み込まれそう　いち抜けた
響かない赤にじたばたしてしまう
エゴン・シーレを見ている　どれも共犯者
頬杖をついているあいまいな輪郭

# 清拭の途中にとおるさおだけ屋

澤野　優美子

［出典］「双眸」21号（川柳双眸社、二〇〇六年）

［鑑賞］「清拭（せいしき）」とは「布などで、ふいて、きれいにすること。〔狭義では、風呂に入れない病人のからだを、熱いタオルでふき清めることをも指す〕」（『新明解国語辞典』第六版、三省堂）と辞書にある。いわば介護社会の現代的用語なのである。

作者もその意味での使用、きわめてリアルに情景を切り取っている。介護経験者もしくは介護中の身でなければ詠めない境地である。日本の社会で在宅介護の多くは女性が担っているのが現状であろう。婚家の両親そして実家の両親と複数人を受け持つ人も少なくない。作者もその一人であろうか。

病人をベッドから抱き起こして着衣を脱がせ、丁寧にかつすばやく熱いタオルで拭き取るのは、かなりの重労働である。それも毎日のこととなるとストレスも溜まるに違いない。その最中に「たけや～さおだけ～」「二十年に一度の大安売り」というような場違いののんびりした声が聞こえてくる。何でこんな時にと思う反面、ホッと救われた気分になるのも事実。こういうナマの状況を映して社会の断面を見せる。生活者の短詩としての川柳のすごさであろう。

［略歴］ さわの・ゆみこ
一九五三（昭28）年、北海道生まれ。平10年、川柳に出会う。番傘川柳本社同人、津山番傘会員、双眸会員、北見川柳社会員、原流会員。

［作者からのメッセージ］
私は中年のロマンチストである。『小さな恋のものがたり』のなかで、チッチと一緒にサリーへの片恋進行形のまだ途中にいる。
私は自称ケーキ職人である。洋酒入りのお菓子が得意なのは、飲みながら作っていると言う試食サイドのするどい観察に納得している。
私は川柳見習い中である。実像と虚像を混ぜたり薄めたり重ねたりして物語に仕立て、等身大のいまを生きている思いを書いている。川柳が好きである。

[作品]

遅かったじゃない通販の雪割草

じぐざぐに繋ぎ合わせて私はここよ

心療内科のマーブルチョコは泣かなくちゃ

レモンのレだれにも触れてほしくない

雨の番地に君の生家が見えている

削除するにはお薬が足りません

縁切り寺でハンバーガーになっちゃえば

いちごポッキーで込み合う整骨院

問題は遊び上手な蛍光ペン

炎天のパンスト脱いであっけらかん

御所望のスリーサイズをさしあげる
これからは小細工をする試着室
神様の死角あたりで待っている
口移ししよう首すじが寒いので
この糸をひいてくださいワタシです
雲をあわだて水をあわだて有事なり
秋のまんなかで不器用にたたむ青
抱くように忘れるようにひく斜線
死ぬときも愛するときも靴を干す
缶詰にする発情しないように

## わが乳房しまい忘れることはなし　早良　葉

［出典］『せぴあⅡ』（川柳べるーぷせぴあ、二〇〇五年）

［鑑賞］この人の作家としてのすごさを改めて思う。ひとりの人間として、女性としてここまで言い切れるのは強さなのか、それとも弱さなのか。いや両方を併せ持っていることを冷静に正視できるのは、年輪の積み重ねなのだろう。この句は女性でないと詠めない作品。そういえば、「男の人だって邪魔になるものがあるでしょう」と反問が来る。男の立場から言えば、それは決して邪魔にならないのである。神が授け給うた人間のからだの神秘である。この世は、成り余れるものと成り足らざるものの両性で成り立っていて狂わない。石器時代のむかしから現代まで人類共通の認識である。

　　われに似しひとりの女不倫にて乳削ぎの刑に遭はざりしや古代に

　　失ひしわれの乳房に似し丘あり冬は枯れたる花が飾らむ

『乳房喪失』で知られる歌人、中城ふみ子の鮮烈な一首である。女性にとって乳房は生そのもの。掲出句はその短歌より短い詩型の川柳。諧謔をもってそれに対抗している。「しまい忘れることはなし」何度も何度も口ずさんでしまう秀句である。

［略歴］**さわら・よう**

一九二九（昭４）年、福岡市生まれ。昭27年、川柳を始める。福岡番傘を経て昭34年、番傘川柳本社同人。昭45年、樋口千鶴子改め早良葉。川柳展望創立会員。昭52年、第12回福岡市文学賞受賞。川柳ぐるーぷせぴあ、笛の会会員。句集に『早良葉川柳集』。

［作者からのメッセージ］

胸底に秘めたるドラマの主役は「乳房」。強くも弱くも、わが乳房なるゆえ、ゆれうごく。女にとって、躯・乳房・涙は生な存在ゆえ己の素地は己で守る。その意識がつよくはたらく。素地がなまであればあるほど、こと細かな自句自解は刺激的すら感じられそうでためらう。乳房は十七音字の中にありて、素地の力を発揮出来れば成功だと思う。わが乳房はわが生き方なのだ。力をこめてうたう。

［作品］

招き猫あなたまかせの風の吹く

恐怖からのがれるすべの花のいろ

三月のシナリオ通り泣き笑う

さからえば母のどこかが朽ちはじめ

転んだら起きる老女の基本形

華やぎの人のしっぽを摑むべし

おろかおろか蝉と比べるわがいのち

散るものは散る　むくむくとわれ

思想固まりて乳房の重きかな

云うことが何もない日は死んだふり

鬼婆の存在感を百として
コンと鳴くことを忘れておりました
打つ手まだ白髪にありて秋ひそむ
くちなしを家族の匂いとも思う
消えてゆく父のしっぽを離さない
肉体の乱と申すは胃のあたり
狐とも蛇とも別れ老いゆくよ
俗塵へもどる野菊を髪にさし
雪だるま恋しい人に会うような
笑うことなしと某日敢えて書く

# 蹴られ蹴られて大きくなったのだ象は　塩田 悦子

［出典］『塩田悦子30句集』（私家版、二〇〇六年）

［鑑賞］作者の作品集を見て瞠目した。一句一句が屹立していると同時に、全体として巨きな動かないものが感じられるのである。中でもトメに置かれたこの句には圧倒された。女性の情感に乗せて華麗な作品群を詠む作家がいる。また身近な日常の中から原石を拾って磨き上げる作家も少なくない。でも、それらの作家とは違う何か大きな川の流れのようなもので作品が詠まれている。

それはどこから来るのだろう。集の中に「奈落にもぼうと白い花が咲く」という句を見つけて、ああこれは作者が向き合って来た人生そのものなんだろうと気づく。掲出句の象はやはり作者の投影であろう。「蹴られ蹴られて」は、作者自身が乗り越えて来た修羅の道ではないか。象は現生の陸上動物では最大。アフリカ象とアジア象の二種である。私たちがすぐ思い浮かべるのは、ターザン映画でおなじみのアフリカ象。そして花祭りの時、少年を乗せて歩くインド象であろう。やさしい目と長い鼻。人間に一番近いと思ったに違いない。喩が利いてスケールの大きな痛快な作品である。

[略歴] **しおた・えつこ**

一九三三（昭8）年、新潟県生まれ。昭52年、柳都川柳社同人。

[作者からのメッセージ]

振り返れば、川柳という道を随分長く歩いてきたものだ。

ひょんなことから踏み入れた一歩だった。子育てやら、仕事やら、川柳やら、どれも捨てずにやってきた。一本の真っすぐな道であったら、気の多い私は、とっくにバイバイしてたろう。ところが川柳という化けものは私を振り回し、退屈どころでなかった。

この道はくねくねと曲がり、やたら木の枝や、草の根が邪魔をする。カラスに嗤われ、蛙に小突かれ、逆に奥へ奥へと迷い込んでしまった。村里のゆったりとした四季の中で、川柳が偉大か、ちっぽけか。私は両方とも頷きながら、けっこうこの迷い道を楽しんでいる。

［作品］

しきたりのいくつか破りお正月

長い冬だったねと雨だれが光る

樏で踏んづけてゆく雪その他

どぶろくに浮く笑わない亡父の顔

快晴を煮つめて河口まで歩く

終バスで落としたらしい男の名

奈落にもぼうと白い花が咲く

本名で書く川柳で力みがち

ひょうたん島で元気になってくる素足

鳥になろうと少年が落ち着かぬ

爪を切る孤高などとは言い難し

ぴったりと合う鍵穴にうろたえる

結び目の染みは祈りのあとだろう

原稿の升目流れる川がある

ひとりからひとりに冬の忌中札

レタス千切って南瓜の馬車を待っている

南風西風恋は忙しい

雑草も元気都会も好きになる

白鳥が私の真上鍬洗う

白鳥の第一詩集まだ未完

## 風がすわる家族写真の椅子ひとつ

滋野　さち

［出典］『川柳のしっぽ』（私家版、二〇〇五年）

［鑑賞］句集冒頭にある一句。第一句だから取り上げたのではない。巻末近くに添えられた発行人、大塚ただし氏の評を読んでアッと思ったからである。

風が椅子を運ぶということはない。たとえあったとしても、私たちには見えない。しかし、この句は、家族みんなで写真を撮ろうとしたときに、亡くなった人が風になって「私も入れて」と言っているようにみえる。そう書くことで彼女は家族が欠けた悲しみを表現している。

なんとすばらしい批評文であろう。私がこれに付け加えることは何もない。若いころの詩人仲間の縁で連れ添うことになった彼女の夫が、大塚ただし氏である。作者が川柳を創り始めたのは母親を失ってからであると言う。「風がすわる」は、まさしくその母への思い。作者は生活にかかわって三十年もの間、詩を書くことを止めていた。

それがいま噴出したのである。詩を書くことは生きるということ。「川柳が生きるということを書くことができる文学だと知ったのは、大きな喜びだった」作者のことばである。

[略歴] しげの・さち

一九四七（昭22）年、新潟県生まれ。中学時代より詩作をはじめる。高校時代には、ニチボー組合文芸サークルの中心的な書き手となる。昭38年、「三重詩人」錦米次郎氏の指導をうける。平14年、ふぉーらむ洋燈川柳教室入門。平15年、ふぉーらむ洋燈入会。平17年、おかじょうき川柳社会員。第22回、第23回川柳乙賞入選他。句集『川柳のしっぽ』。

[作者からのメッセージ]

母が死んでまもなく、川柳と出会った。母をたくさん詠んだ。愛されたいと思いながら反発してきた、母との間のわだかまりが消え、今は温かく満たされている。長い空白を埋めるように川柳にのめりこんで、溜まっていたものを一気に吐き出した。今新たな気持ちで川柳に向き合っている。まだ川柳を楽しむ余裕はないが、生きることと書くことが、ひとつになっていくような予感がしている。

［作品］

母を語るとオカリナの音になる

むぎこがしふっとこぼしたひざのこと

逃げ込めば母の野良着のいのこずち

箸立てをどかすと母の文机

母の日にすこうし苦い夏みかん

妹は母に似ている納豆汁

後ずさると母のこはぜが咬んでくる

母のベッドにかじり残した月がある

きつく抱いても母の骨壷

遺言もないまっとうな母の空

川　流れる意味を探している

私が泣いた道だけ消えている略図

米をとぐ昨日も今日も模範囚

よく踏まれるので影がなくなった

かかとから崩れる道を急いでいる

十本の指を何回生きるのか

足裏を見せるなと遺書書いておく

妻としてリングネームを持っている

波はまた来るひざの角度を確かめる

杉はドーンと倒れ私のものになる

# 少子化へご家訓少しずれて来る

雫石　隆子

［出典］『雫石隆子30句集』（私家版、二〇〇六年）

［鑑賞］ご家訓と奉っているところがおもしろい。「家訓」とは「その家の信条として代々子供に伝える処世上の戒めなど」（『新明解国語辞典』第六版、三省堂）である。

小家族で住み着くマンションなどでは余りお目にかかることがないが、地方の旧家ではまだ厳然と存在するのであろう。

大家族を前提にして子々孫々まで家長（いえおさ）が伝えんとした家訓、家憲は中世の武家社会にはじまり、江戸時代には商人や有力農民にまで広がったという。現代ではご存知の核家族、少子化。徳川家康の家訓のようなものは古物店でも行かなければ見ることはできまい。

ご先祖を祭った神棚、仏壇でさえ行き場所に困る時代である。掲出句の状況はまだ良しとすべきなのだろうか。

作者は同じ集の中で「DNAわたしを羽交い絞めにする」と詠んでい

るので旧家の出身であろうか。だとすれば「ご家訓」は一応引き継ぎながらも実情に合わせて微調整して行くのであろう。「少しずれてくる」という微妙な言い回しが利いてくるゆえんである。

「質素・倹約」そんな家訓が、近未来のエコロジー時代にはふさわしいのではないか。

[略歴] **しずくいし・りゅうこ**

一九四六（昭21）年、宮城県生まれ。

昭55年、川柳を始める。昭57年、「海の会」入会。昭60年、「宮城野」入会。昭63・平3年、宮城野賞。平6年、宮城野芸術祭賞。現在、川柳宮城野主幹、宮城県川柳連盟理事長、日川協常任幹事、河北新報柳壇選者、NHK「よじらじ川柳」選者など。句集に『樹下のまつり』。

[作者からのメッセージ]

「川柳を愛し人間を愛し文学を愛する」と、自らの川柳理念を掲げた大島洋が津軽海峡を渡り、帰らぬ人になって十年が過ぎた。あのときの喪失感を埋めるべく、ひたすらこの道を歩んだわたしの川柳人生。あと十年、大島洋の情熱を保ち続けるように精進したい。

［作品］

喋々喃々　新春事始め

雀躍と使い走りで果てる夢

一途なる愛を水仙から貰う

吉となるか凶となるのかセカンドタイム

流暢な言葉が今日は耳障り

しなやかなてのひら二枚風分ける

二の句が継げぬ　凍傷ひとつ

連立てるつもりはないが春の櫂

積むための石を両手に持っている

辻褄が散乱してる電話口

月に叢雲　訃音ひたひた

てのひらの屈折率に遊ばれる

身の証し立てる公式戦です

パソコンデビューした眼球掻痒症

おもてなし犬が尻尾を振っている

火には火を火を拵えるわがレシピ

外連味のない光ですプチダイア

くちびるをやませ一陣通り抜け

天も地も今年の舞台揺れている

起こさないで下さい鬼の仮眠中

## ドレミドレミ言葉遊びの雪降り積む

島　道代

［出典］『風の家族』島道代川柳句集（私家版、二〇〇五年）

［鑑賞］この句を読んで、中村汀女さんの有名な俳句「咳の子のなぞなぞあそびきりもなや」がすぐに浮かぶ。そして「雪降り積む」の結句からは、現在活躍中の歌人、小島ゆかりさんの「ファミコンソフトにマリオ眠らせチカチカとマリオの屋根に雪ふり積む」の一首を思い起こす。作者の句を含めてすべてのうたに共通の想念が流れている。不思議の国にあそぶというような川柳・俳句・短歌の韻律の音楽的感覚。それが読者の私たちを別世界にいざなっていると言ってよいだろう。

すぐれたうたは、どのジャンルにあっても光っている。掲出句の「ドレミドレミ」のリフレインは効果的である。「猫踏んじゃった」を何回も聴かせるピアノ練習。そんなユーモラスな場面と思ってもおもしろい。作者は、眼の病で20歳の時に失明することを告知され、30歳になって文字が見えなくなったという。告知された時の苦悩、そしてそれ以後の歳月の重さは、健常者の私たちが知り得ることではあるまい。それでも彼女は書いている。見えないものを見る、言（こと）の葉（は）を紡（つむ）ぐ、そんな日々からの一句と思う。

［略歴］　しま・みちよ

一九三五（昭10）年、青森県生まれ。昭30年、網膜色素変性症で将来失明する恐れがあると診断される。昭31年、短大卒。昭37年、盲学校卒。平元年、北野岸柳氏のラジオ川柳番組に投句。平5年から「かもしか川柳社」に投句。平8年から「現代川柳新思潮」に投句。平12年、第8回川柳Z賞風炎賞受賞。句集に『風の家族』。

［作者からのメッセージ］

視覚障害者のくせに、慌て者の私は年中顔や頭に怪我が絶えない。家の中や外出の時なども色々な物にぶつかる。ところが、雪が積もるとたちまち、立ち往生してしまう。杖の先では方向が分からなくなってしまうからである。それ故、私は沢山の食料を買い込み冬籠りに入る。そして相も変わらず反古紙の中に埋もれ、川柳の初心にかえるべくドレミドレミと雪のように言葉を散らし続けているのである。

[作品]

沖へ漕ぐもつれる髪はそのままに

風を待つ枯野を少し飛ぶために

糸切れて生家は冬の陽炎に

迷子札下げて大寒(おおさむ)小寒(こさむ)かな

オルゴール雪の吐息の消えるまで

悲しみの傘とりどりに狐雨

世迷い言ひとつひとつの春あけぼの

花万朶　万のほとけに縋りつく

名水で飲み込む闇のひとかけら

年古りしおのこおみなご手の花火

冬もはや綻びし身はほころばせ

しめやかに雪を降らせて秘する狂

朱（あけ）の実を掌にまろばせて護るもの

まだ何も見つからなくて蟬時雨

問えばまた闇を飲み込む古ランプ

友も無く子も無く老いてかきつばた

白杖のゆく先々の海鳴りは

遠ざかるワルツ千草に降る霜よ

一つずつ命を消して野の花火

雪を灯して雪の寓話をよもすがら

## 寝たきりが犠牲になって火事消える　島村　美津子

［出典］『白い鳩』島村美津子川柳集（編集工房円、一九九四年）

［鑑賞］リアルな句である。鶴彬がいま生きていたらこういう句を詠むであろう。すぐ連想するのは、グループホームの火災事件。病気の人やお年寄りを収容する施設では、非常時のこともきちっと対策をとっておくべきである。このごろ人災といえる事故がとみに多い。グローバル社会となって効率優先、結果として弱者が切り捨てられているのではないか。「ひとりの命は全地球よりも重い」と言った裁判官のことばを思い起こして欲しい。

掲出句を収めた句集には、「戦争をしたがる奴をみとどける」「人手に渡る庭にたっぷり水をやる」「仕事優先切り捨てしもの疼きだす」「口方形に開けて鰯の群にいる」といった反骨精神あふれる作品が数多くある。戦争・貧困そして飢餓といった不条理な状況へ、ペン一本で立ち向かった鶴彬の川柳を引き継ぐ数少ない作家と言える。川柳を文芸として高めよう、詩心を研ぎすまそうという方向性は正しいが、川柳の核である風刺とユーモアを忘れてはなるまい。
「ことんと老ける美女だった私」（第二句集『花ばさみ』）ユーモラスでパワフルな作者に脱帽。

［略歴］**しまむら・みつこ**
一九三〇（昭5）年、神戸市生まれ。時実新子の「川柳大学」創立会員。「あかつき川柳会」会員。しんぶん「赤旗」日曜版読者文芸川柳選者。句集に『白い鳩』『花ばさみ』。

［作者からのメッセージ］
死ぬかもしれない、そう思った時がありました。神戸の大空襲で火の海を逃げまどいながら。戦争のない国がどこかに、十四歳の私にはやりたいことがいっぱいある。まだ死にたくないと心から平和を願いました。
老いたる今も、文学性豊かに人間の愛や哀しみを詠めたら、戦争という愚を繰り返さないように、誰もが等しく人間として生きられますように、そんな川柳を夢みています。

［作品］

逢いにゆく列車は春の海に添う

反核の署名簿がある花の寺

原点は小川に花を摘む少女

生まれざれば乳房よ浅き萌黄いろ

何もかも衰え耳が美しい

選ばれて花の老婆と呼ばれけり

防空頭巾の少女に戻る戦争展

日の丸君が代死に重なりぬ私には

八月の死者に鐘撞く生きて撞く

敗戦少女にアメリカ兵の高い尻

肉親を捜す中国語が刺さる
散りましたまじめな夫まじめな桜
悲しみのどん底ふっと眠くなる
夜よりもさみしい朝が始まりぬ
月がきれいで戦争を思い出す
戦争になるまで親はおりました
生きるしかないのだ夜を折り返す
でもねえでもねえと私恩知らず
大ジョッキ連帯感を持ち上げる
平和行進若い仲間と声を和す

## 夜行バスたましい薄くして帰る　　清水　かおり

[出典]「バックストローク」11号（バックストローク、二〇〇五年）

[鑑賞]「夜行」とは、夜に行動することである。当たり前のことであるが、ことばを正確に知っていないと作品の鑑賞はできない。

その上でことばを駆使して表現しようとしている作者の思いを探る。ことばの常識的な意味である場合もあるし、ことばを借りた比喩である時もある。現代のような複雑で多様な社会を詠むには後者の方法が多く用いられる。「川柳は一読明解であるべき」という論者には納得しがたいかも知れないが、これが現代川柳の姿であり、その振幅の大きさこそが川柳を21世紀の文芸と位置づける。

作者の作風は一般に難解と言われる。作品のキーワードが見つけにくいからである。掲出句は、その中ではわかり易い作品。

「夜間工事の視界には天の川」（「川柳木馬100・101号」）と同じく、昼行動して、夜は眠る人間が夜行性になった。

「夜行列車」と言えばなつかしいが、ここは「夜行バス」。夕方乗って朝着く長距離バス、効率を重く見る現代社会の象徴である。
夜は、もともと人間にとって「たましい」の時間。その「たましい」を売ってしまったという感覚が核心であろう。

[略歴] しみず・かおり
一九六〇（昭35）年、高知県生まれ。平4年、川柳入門。所属川柳社、川柳木馬ぐるーぷ、バックストローク。第十六回Z賞受賞。『現代川柳の精鋭たち28人集』参加。

[作者からのメッセージ]
数ある短詩型文学の中でなぜ自分が川柳という形式を選んだのか、時々立ち止まっては考える。それは、川柳が人間を詠むものだという一語に惹かれたからだ。私達は言葉の前で自由であり平等である。川柳を作るときいつもその思いで満たされる。そして、過去の人々の意識や、今現在の自分達の営みや、あるいは未来に繋ぐ想いなど、そうした人間の精神活動の広さと深さを表現するということへの憧れが自分を支えているのだと実感する。

［作品］

漂白の氷は喉に過ぎゆく異教

手探りでビスマスを塗る青い部屋

太陽の人だからめぐりあえない

僕らここから標本の羽背負う

鳥葬の鳥と三日月見続ける

既視感と硝子細工は夜店に並び

ひんやりと擦過してそのまま水底

荊冠を見ている何もかも少年

箱で売られる薄く唇あけたまま

夕景の疑似餌は美しく痛い

雨の匂い辿る机上の夜まで

天の川の下廃船の切符買う

駆け抜けてきたから水色の躰

薄氷のひたいとひたい生国の夜

夜間工事の視界には天の川

体内の薄い部分へ流れるインク

風葬の約束交わす正午過ぎ

青の日の誰かが焦がれ回転木馬

地球儀まわすように僕らの肉筆

深緑の兄の神楽を盗み見る

# 待ってね恋を鞣しているところ

新垣　紀子

［出典］『新垣紀子新作句集』（私家版、二〇〇六年）

［鑑賞］現代の恋愛を感覚的に比喩したおもしろい作品。「鞣（なめ）す」は「動物の皮から毛・脂肪を取り去って柔らかにする」（『新明解国語辞典』第六版、三省堂）ことであり漢字もそのようになっている。

「待ってね」の会話体で意表を衝いて作者のシナリオへとぐいと引き込む。ケータイやインターネットのメールでは、ここに適切な記号が入るところであろう。鞣す作業は、年季の入った専門職の仕事で、とても手数がかかり、細心の注意が要ることとされている。恋愛とてそれと同様というのが作者のとらえ方であり、それも「いるところ」と現在進行形で納めた心憎い演出。

そう言えば、バレンタインデー、お返しのホワイトデーのプレゼントにはじまり、誕生日、クリスマスと知力・体力そして財力を消費する大変な作業が待ち受けている。

確かに、お料理と恋愛ごっこは手間ひまかけた分だけ味が出るに違いないが、まわりの人間関係まで出てくるとややこしくなる。
収録作品の中の句「元カレが大好きだった母である」のように、元カレ、カレそして自分の家族も入り乱れ『元カレ』ドラマの再現となる。

［略歴］

**しんがき・のりこ**

一九七〇（昭45）年、大阪市生まれ。編集者、ライター。桃山学院大学文学部卒業。ＮＨＫ文化センター横浜ランドマーク教室川柳講座講師。ＮＨＫテキスト「おしゃれ工房」読者投稿欄「川柳工房」選者。著書『川柳で乗り切る人生のデコボコ道』『恋川柳』のほか『知的に楽しむ川柳』第二部、『三省堂名歌名句辞典』近現代川柳解説担当。

［作者からのメッセージ］

恋のぬくもり、がんばっている汗、「ありがとう」のあたたかさ、とめどなくながれる涙、権力へ吐き捨てた唾、裏切りの凍てつく寒さ、自分への苛立ち——。いつの日か自分の句を振り返って、ふふふ、と笑えれば。肩肘はらずにようやくそう思えるようになった。十年もかけて。気がつけば、おや、私には何もないじゃないか、川柳のほかに。

［作品］

たんぽぽの綿毛のごとき男ふく

愛だけを食べる蚕の繭の色

カッコウのように卵は蹴落として

味噌汁もスープも男も冷めぬ距離

元カレが大好きだった母である

数学が苦手なおんなの恋らしく

ぬぎすてたパジャマは幸せのかたち

美しい生きかたをする友の妻

画数が悪いとおもう帰り道

いさぎよい女お手つきばかりする

窓あけてやっぱりあいつは大嫌い

手も脚も曲がった母がまだ支え

カマキリノゴトアタマカラタベヨウカ

赤ペンがやたらと多いペンケース

自己保身バナナの皮を踏むおとこ

横恋慕なんて美しい日本語

あの人の匂いの残る部屋で寝る

解雇と書いて自由とルビをふる日

濃淡のない国で生き大あくび

なんくるないさウチナーの良き言葉

# 佛様明日はお花を替えますね

相元　世津

［出典］「ふあうすと」平成十一年十一月号（ふあうすと川柳社、一九九九年）

［鑑賞］日常を切り取っていながら、ピシッと決まって動かない句である。作品の背景にあるものと作者の思いが一致しているからであろう。それもそのはずこの「佛様」は、平明な句風で私たちを魅了した相元紋太その人を指すと思われる。仮にそうでなくともこの詠みぶりは確かに私が教えを受けた師紋太と重なっている。「浴衣着た父の笑顔と並ぶ母」「マフラーは母の香がして暖かい」「満月が綺麗と姉も言う電話」これは75周年同人句集『ふあうすと』に掲載された作者の家族を詠んだ作品。どの句も紋太調といわれる気取らぬ句風が脈々と流れている。家族として長い間暮らしていても作者は読者の立場にいた。作者の側に移ってからの歳月は短いが、私はそれが幸いしたのではないかと思う。あまりに長くどっぷりと川柳の世界につかっていると集中力が薄れて人を感動させる句ができにくい。作者にとって一番いい時に創作

を始めたのではないか。「風雅一代」というが、それが二代、三代と続くのは、また素晴らしいことである。

［略歴］ **すぎもと・せつ**

一九三三（昭8）年、兵庫県生まれ。平12年、ふあうすと川柳社同人。平16年、ふあうすと川柳社運営委員（理事）。

［作者からのメッセージ］

父歿後二十年が過ぎた平成二年、母も亡くなった。我にもどった平成四年、それまで川柳は読者側として楽しんでいたのを、作る側としてもっと川柳のことを知りたいと思うようになり、今に至っている。

人と出会い、言葉に出会い、人間の奥深さを思う。少しずつ眼が開かれていくようであるが、今はまだ川柳の入り口辺りから前へ進めないでいる。

先達の句、現代作家の句から天の声が聞けるのではないかと思っている。川柳とは生まれたときからのお付き合いのわたしである。

[作品]

この店に決めるひとりの席がある

両隣優しい人が住んでいる

若者のジョークの中で若返り

混んでいる本屋うろうろして帰り

震度7無残に友の訃が届く

仮設にもふるさとに似た風が吹く

マンションに住んで青空近いこと

店員の笑顔が好きで買いに行く

次の駅次の駅でも蝉しぐれ

老人が境内を去り鳩も散り

添え書きが利いて出席いたします
笑ってる遺影で話しかけ易い
雨やどり山が霞んで晴れるまで
コーヒーの席バラ園の方を向き
打ち水へ足ゆっくりと通り抜け
指折って年忌今年で合っている
樹を渡る風わたしの音　冬の音
背を丸く緩めて座る駅の椅子
することはあるが寅さん見てしまい
満月がはっと驚くほど丸い

## 核家族いろは歌留多に知恵を借り　　鈴木　瑠女

［出典］鈴木瑠女作品集『瑠璃色の壁』（川柳公論、二〇〇四年）

［鑑賞］着想がユニークな句である。わが国で核家族ということばが使われだしてからかなり経つように思う。「核家族」とは「一組の夫婦と未婚の子だけから成る家族。アメリカの人類学者マードック（G.P.Murdock 一八九七）によって人類社会に普遍的に存在すると主張された」（『大辞林』第二版、三省堂）と辞書にある。農村型社会から都市型社会へと変遷し、家族構成も大家族から最小単位の核家族へと移り変わって出現したことばである。「いろは歌留多」は、江戸後期ごろに始まった子ども向けの「ことわざカルタ」であり、いろは四十七文字に「京」の一字を加えた四十八字を頭にした短いことわざの読み札と絵札でできている。作者の年代では、お正月などの遊びによく使われたことだろう。「犬も歩けば棒にあたる」「論より証拠」「花より団子」「憎まれっ子世にはばかる」という具合に、世間によくある道理を子どもに教え込む

仕掛けである。作者は、これを「じいちゃん」「ばあちゃん」のいない「核家族」の助けになっていると推理する。なるほど現代は江戸時代とも似て富くじと同じ宝くじブーム。花よりお金と割り切っている。

［略歴］ **すずき・りゅうじょ**

一九四三（昭18）年、東京都生まれ。平元年、川柳公論グループ桜柳吟社入会。同年「川柳公論」初投句。平3年度新人賞受賞。現在、川柳公論委員。朱雀会会員、川柳人協会会員。日本川柳ペンクラブ理事。全日本川柳協会常任幹事。句集『瑠璃色の壁』。

［作者からのメッセージ］

川柳の目は、薔薇を見てもその芳醇な香にただ酔うだけでなく、華麗な花かげにある虫喰いの痛みや、棘をもたねばならぬ宿命、そして朽ちてゆく変わり果てた姿などを凝視することを、教えてくれました。人間もまた陽の当たっている面だけでなく、弱さや脆さなどのマイナーな面を凝視する底から、人間賛歌が湧いてくる事を知った今は、濁りのない目で現実をしっかりと見つめ血の通った句を、作って行きたいと思っています。

[作品]

噴水の真下に立って水をこう

西日からもらった影は見栄っぱり

透明な殻をうっかり脱ぎ忘れ

一枚の皿しか持たぬ皿回し

人間が好きで重たい玩具箱

埋み火で性善説を煎りなおす

相槌をすぐ打ちたがる皮下脂肪

理想論砂漠に水を撒きに行く

追伸の中に楔を打っておく

目を閉じて一番好きな色を見る

赤飯の中に笑顔の母がいる

老いの霧母を童女に巻き戻す

詫び状を抱きつつ母の爪を切る

残照に翔べぬ女の影が這う

梵鐘に錆びゆく鍵のふくらはぎ

しなやかに自我を畳んだ面の裏

千の鍵持って私の檻に居る

この指に止まれ孤独な音符たち

シナリオにない続編が温かい

夢ばかり追い薔薇色の灰になる

# 開拓碑のあたりで風は三角に

清野　玲子

〔出典〕『点鐘雑唱』二〇〇五年刊（現代川柳・点鐘の会、二〇〇六年）

〔鑑賞〕「開拓碑」という言葉にまず風土性を感じる。開拓とは、山林や原野を切り開いて耕地などにして利用することを言うが、それは、まことに時間と労力を要する困難な仕事である。その開墾に功績のあった記念碑を指すのだが、作者がそれにどうかかわってかが示されていないだけに種々のひろがりができる。小説と違って短詩型文学では、少ない字数で自己表現しなければならないので省略は必然となる。手がかりとなる材料だけを提示して、後は読者のイマジネーションによる展開を待つという手法と言える。この句では「あたりで」という言い回しが巧妙であり、そのあいまいさが読み手の功名心をくすぐる。作者はまた結語で「風は三角に」と言い切ってすましている。風が石碑に突き当たる瞬間の表現であろう。場面は北海道開拓史を思い起こすのが順当だろうが、沖縄の「石敢当（せきかんとう）」だってよい。「石敢当」は、九州南部から沖縄地方に分布している魔よけの石造物。沖縄ではT字路でよく見られる。台風の風が吹き荒れる地ならではのこと。掲出句の作意は、その怒りを鎮めることの出来ない自分自身に向けられている。

［略歴］ **せいの・れいこ**

一九四二（昭17）年、宮城県生まれ。名取衣笠川柳会設立。現在、福岡市西新公民館川柳「芙蓉の会」講師。所属吟社、川柳宮城野社・仙台社人・山形わっか吟社・川柳黎明舎・天守閣・グループ明暗・点鐘の会・人間座・西日本文化サークル佐賀川柳教室。

［作者からのメッセージ］

私は生まれ育ち共に東北「仙台」です。

東北では実に沢山の柳友に囲まれ、この上なく人間成長のエキスを植え付けて頂きました。「川柳宮城野社」岩手の藤沢岳豊氏、山形「わっか」吟社、そして決して忘れてはならないのは現代川柳「海の会」大島洋氏。氏は川柳と言う文学の真髄を叩き込んで下さいました。その仲間が柳界で大活躍している姿を見聞きする度、さらに川柳と言う文学に磨きを掛けねばと思う昨今なのです。

［作品］

雪は限りなく　生命線の上に降る

土を掘る掘って夫婦の無言かな

何故君は雨が降らぬに傘をさす

甘酒を男の森へ届けよう

海鳴りの真っ只中を生きるだけ

木登りをワタシ一生止めません

溜息ばかりの男に冬の水を撒く

一匹ずつ真っ赤な鬼を倒さねば

ネギ一本買う　大股で歩く

ずっしりと重みが増した傘の雪

昨日と違う波長で敵を呼び寄せる

どうぞどうぞお食べなさいョ河豚の胆

じっくりと戦う相手選ぼうか

自転車を踏むアナタから逃げる

一点を見詰めるだけの夜汽車かな

猛吹雪　何処かで母の声がする

一心に踏まねばならぬ薄氷

打ち砕く壁の厚さに狼狽える

火柱の形　女の形です

雪道を歩く　覚悟は出来ている足だ

## ほんとうは私も出せる猫の声

園田　惠美子

［出典］園田恵美子川柳句集『ひのくに』（有明新報社、二〇〇五年）

［鑑賞］コミカルでたのしい句と、まずは言っておこう。でも「ほんとうは」実りそうで実らなかった悲しい愛の物語なのだろう。

なぜなら「愛百話」と題した章の中で、「なぜでしょうあなたと同じ風邪をひく」「傘と一緒にわたくしも忘れられ」と同じページに収められているからである。しかもこの句はシンプルで軽い。こういう作品は、捨て身にならないと創れない。少しでも自分を飾りたい、いい格好したいと思ううちはできないだろう。男が詠んだら気持ちが悪いだけで何の真実味も感じないが、女性だから活きている。

猫の声もいろいろあって、まさしく千変万化であるが、これは恋猫の「ミャオ」という甘えた声である。なまじプライドがあったために出せなかった声。チャンスに後ろ髪はなく。通りすぎてしまった恋であろう。だれの胸のうちにもしまい込んであるこの思いを一気に吐いて痛快とも言える。

ひと皮もふた皮もむけた感じの恵美子川柳が句集いっぱいにみなぎっている。

[略歴] **そのだ・えみこ**

一九三二（昭7）年、北九州市生まれ。昭32年、川柳噴煙入会。番傘本社幹事同人、川柳人間座座員、川柳展望会員等を経て、現在、番傘川柳本社九州総局副総局長・同事務局長。荒尾川柳会顧問。大牟田番傘川柳会長。人間座等で活躍中。大牟田文化連合会功労賞。句集に『園田恵美子川柳集』『ひのくに』。

[作者からのメッセージ]

若いときは病と戦った。若くない今は時間とたたかっている。病とたたかう時間は、刻が静止したかのようにゆったりと流れ、時間と戦う刻の流れは、いまやのぞみ級である。

二十四歳で神に片肺を返し、四十位までは生きたい、と小さな欲の袋を覗いていた。が、四十歳は気が付いたら通過点。時間に追われ、今では欲の袋もぱんぱんに張っている。

　あと少し生きるこの世を汚しつつ

［作品］

蝉は声揃える石が動くまで

踏んばっているかなしみに摑まって

笑い続けていよう電池が切れるまで

めったに来ない葉書と深く結ばれる

もうこわいものなし傘は返します

別れ際ニヤリと顔を置いてゆく

愛百話　桃もりんごも疵を抱く

矢面にこのての顔でいいですか

叩きつけやりたい靴を揃えている

にんげんの匂いの消える化粧して

くしゃみ一つしてもまだまだ艶がある

私のことでいま神様が揉めている

初夢を見ましたとても云えません

おばさんが女の列に並んでいる

ニヤニヤと鏡は齢を知っている

さようなら催眠術が解けました

私そっくりのお面が捨ててある

ゆらゆらとわが祭壇は水の底

疵口にまだうずくまる言葉たち

何かつぶやき蛍は光らなくなった

## 背筋ぴんとわたしに父が棲んでいる

田頭　良子

［出典］「番傘」平成十四年一月号（番傘川柳本社、二〇〇二年）

［鑑賞］そう、ひと時代前までの日本人には「背筋ぴんと」した男の人が多かったと思う。背は高くなくともその姿勢に「こころざし」が表れて大きく見えたものである。ところが今はどうであろう。記者会見で見る経営者のだれもが、ただお辞儀を繰り返すのみである。拝金主義が染み込んだ社会構造も問われるのだろうが、人生を毅然と生きる気合も社会正義のモラルも感じられないのは残念である。作者の父は、この人間として一番大切なものを備えていたのであろう。

作者につながるもう一つの印象がある。それは句会における「呼名（こめい）」である。呼名とは、古くから行われている句会の中で、選者から自作の入選句が読み上げられた時に、「それは確かに私の作品です」と雅号で名乗りを上げることである。その間髪を入れぬ呼名で句会の雰囲気は大いに盛り上がる。作者の「よーしこ」という声量豊かな呼名。

これで会すべての人が創作の現場にいる緊張感と楽しさを味わう。これも「背筋ぴんと」につながる作者の創作姿勢であると感じている。

［略歴］ **たがしら・よしこ**

一九二八（昭和3）年、大阪市生まれ。昭43年、番傘いざよい川柳会へ初出席。川柳を知る。昭49年、番傘川柳本社同人。昭61年、うめだ番傘川柳会へ移籍。平3年、番傘川柳本社、編集長。平9年、うめだ番傘川柳会会長。平12年、番傘川柳本社、句会部長。句集に『もなみ抄』。

［作者からのメッセージ］

私の句に父がよく出てくるのは、心のどこかで拘泥があるのだろう。父を見送ったのが十七歳。母と訣れたのが十九歳。養子の父はその割には、やんちゃで行動的な性格であり、母は美しく賢い人だった。私と姉妹の年差があったこともあり、母はその世話で構ってくれることが少なく（これは私の小さな嫉妬？）一方で父は私を相手にしてくれた。なかでも父は女性的であれという弁えと、男性に負けない生活力の原点を教えてくれた。寒い時一緒に歩いている時など背中をぽんと叩いて「どんな時も首と背筋は伸ばせ」の口癖を思い出す。

[作品]

脱稿をして朝風呂でほぐす指

達磨ストーブ囲んで先生も泣いた

運動会島全体の笑い声

どもならん弟でした姉びいき

愛し過ぎたために枯らしたチューリップ

秋の彩探しに目ぐすりを三つ

約束の着物で目立つ席にいる

天井のしみが笑って脅かす

きれいごと椿は冷静に落ちる

絶ちたいと思う絆が寄ってくる

灯を消して臨場感に浸りきる

本を読む一本の樹を決めている

口喧嘩しながら墓参りの姉妹

灯が揺れてあれは狐の嫁入りか

寝心地がよすぎて惚けが早くなる

美しくない伏兵に気を許し

ペンだこが消えた寂しい指になる

わたしの毒分かってくれる人と飲む

降って湧いた話裏階段を駆ける

わたしにも花束がきたしめくくり

# 鎖骨から雪崩のごとく現代思想

髙橋　由美

［出典］『髙橋由美30句集』（私家版、二〇〇六年）

［鑑賞］ちょっと読みが難しいが、おもしろい句である。キーワード探しを読者に預けているのだろう。まずはことばの読解から。

「鎖骨」とは「首の下と肩を結ぶ、ゆるくS字の形に曲がった、一対の長い骨」（『新明解国語辞典』第六版、三省堂）である。

わが身を手で触れるとすぐわかる位置にあり大事な骨であると確認できよう。

そこから「雪崩のごとく」湧き出てくるという警句に満ちた寺山修司の芝居のような感じがする。作者の狙いもおそらくそのあたりにあるのではないか。現代は「思想」と言えるほどの哲学的なものは少なく、ただただお金の流れを追う亡者たちの集まりのように思える。それをグローバルとかITとかで粉飾をしているのではないか。

結句に「現代思想」という重いことばを持って来たのは、おそらく反語であろう。

人間は「考える葦」と言われる。考えるという知的能力を持っていることで霊長目ヒト科の存在があるのだろう。せめて「思想」のかけらでも湧き出て来るように日々研鑽(けんさん)を積みたいものである。

［略歴］**たかはし・ゆみ**

一九六一（昭36）年、高知県生まれ。川柳木馬ぐるーぷ所属。平9年度ふあうすと川柳社紋太賞準賞。

［作者からのメッセージ］

もともと川柳は、あまり興味なかったのです。575なんて苦しい。
寺尾俊平さんから17ではなく「21音字以内で好きに書いてごらん」といわれたとき俊平さんが太陽に見えた。
とても嬉しかったのです。

[作品]

つまずいた時　高い樹があると思った

やっと笑えた　とっくりセーターを脱ごうか

昨晩と同じ川で溺れている

真裸に君をほしいという夏風邪をひく

独りぼっちだけどくす玉が割れるような気がした

昨日着いた手紙と林檎かじっている

自画像を脱がされ夏休みが終わる

君と汽車に乗る八月を逃がさぬよう

ランプゆらめく逢いたいという静寂

光沢の伽藍に春のすべる音

バケツいっぱいの吃音捨てに行く日曜日

本当の手紙は書かなかったよ　さよなら

絵筆から見たことのない肉体

堕胎とか死とか天使の住む街

指紋削りながらセミナーの午後

聴覚がわたくしになるエレベーター

メトロノーム止まった僕らの放課後

灰皿がこぼれるほどの悪意かな

口移しで覚えたっけ君の歴史を

神の降る構図　湖面は記憶する

# 秋刀魚の背ひかるかつてのおのこ達

高橋　蘭

［出典］川柳句集『夕景』（北見川柳社、二〇〇三年）

［鑑賞］回想句のように見えるが、むしろ時代の推移を象徴的にとらえた社会批評と言える。「おのこ」は、男の雅語的表現。「やまとおのこ」と言えば、かつて存在した日本男児のこと。作者はそれを「秋刀魚の背ひかる」と感覚的に詠む。

「秋刀魚（さんま）」は、その字のごとく、からだが細長く刀のように反っていて秋の魚の代表的なものである。タツ日サンマ科の海魚で北太平洋から日本海に分布し、産卵のため千島列島から南下するという。漁をするおのこ達にとってその大群の背が飛び跳ねて光る様子に血を湧き立たせたものである。近年、ニシン漁、サンマ漁ともに漁獲が少なくなり、それに比例しておのこ達も元気がない。

作者は女性。かつて存在感を示した父であり兄であり、そして恋人であった男性に元気を取り戻して欲しいとエールを送っていると言ってよい。陸に上がっても、自在鉤の揺れる囲炉裏にでんと座っていた偉大な長（おさ）としての姿を夢見ている。「リプレイの髭がいっぽん増えていた」同じ集の中の句。いま一度の復権。団塊世代よ、定年で目を覚ませ——と叫んでいるようにも聞こえる一句である。

［略歴］**たかはし・らん**

一九三四（昭9）年、北海道深川市生まれ。昭56年、札幌川柳社入会。現在、川柳公論・オホーツク・劇場・柳都に作品参加。北海道知事賞、川柳公論大賞等受賞。句集に、『夢のあとさき』『夕景』。

［作者からのメッセージ］

九人兄弟の長子として生をうけた私は、子供の頃から、愚鈍であり不器用であった。四十才近くにもなって、夢のなかで母親に叱られて泣く自分の声で目の覚めることもあった。
川柳を書き始めたのは多分言葉をもちたかったからであろう。そしていま、私は充分な馬鹿になった。臆面もなく衒いもなく、ペラペラと喋りケラケラと笑う。だがときには、腸をひきずり出して眺めることも忘れない。生涯の伴走、これからも宜しくね、川柳。

［作品］

拷問の如くに昇るのも朝日

目覚めると痛いところが多くなる

ぐるり塀まわしてお日様は嫌い

枯れ葉は粉にくたくたくたと揉む手紙

曇天のずしりと下がるおいちょかぶ

亡霊がかちゃかちゃならす飯茶碗

現身の痒さへ蛇の皮を脱ぐ

月光に透かせば縷縷と泣くはだか

身辺の秋をきりりと束ねおく

自死願望　堰の流れに乗じては

やがて徘徊するだろう月夜の骨
独居房そっくり棺桶になった
分け入ればぐんぐん育つ絞れの樹
羊の血すすり戦闘機が飛んだ
昔のよしみで使う子宮言葉
月は欠け始めた葬儀屋の笑窪
草の根をしゃぶって草になる轆轤
胎内の伽藍よ罪の子は寝たか
脊椎がいっぽん生える冬の沼
絵師残像ひりりと昇る後の月

## すみませんあしたはどこにありますか　竹内　ゆみこ

［出典］『第49回全国川柳作家年鑑』（ふあうすと川柳社、二〇〇四年）

［鑑賞］わかりやすく、丁寧なことばで書かれているが、切っ先は鋭い。きれいに裁断された用紙や真っさらの札束でサッと手を切ることがあるが、そういう痛みの感覚がある。

大学講師という作者の職業柄で若者に接する機会も多いのだろう。

引きこもり族、あるいはニート族と言われる若者たちも少なくない。何も好んでそういう現状にあるわけではないのに、そこから脱け出し難い。モノの豊かな社会、心のひもじい社会と言い切ってすましておれない社会環境である。「あした」が見えない。その閉塞感、そして焦燥感は作者自身も抱いていることではないか。「始まりは多分きれいな心です」「満場一致で人間を消しにくる」同じ集の中にある作者の句が的確に問題提起をしている。「分別中　燃えるわたしと燃えないわたし」分別ゴミに喩えを託した思いは切実。

一種の文明批評であるが、それがイヤ味にならず読者の共感を呼ぶ。一九七三年生まれの作者の若さは、高齢者の多い川柳の世界にあって貴重な存在。この感性を発揮して川柳を若者の文芸にして欲しい。もう一度声を上げる。「すみませんあしたはどこにありますか」

［略歴］

**たけうち・ゆみこ**

一九七三（昭48）年、京都府生まれ。平13年、川柳ひまわり会に入会し、奥山晴生に師事。平15年、川柳グループ草原同人。各地川柳大会等で入賞。

［作者からのメッセージ］

いつも思うことですが、「出会い」というのは本当に不思議で、素敵なものです。

川柳をはじめてからも、いろいろな方との出会いがありました。導いてくださる方との出会い、共に学ぶ方との出会い、温かく見守ってくださる方との出会い…。

これからも、そんな不思議で素敵な出会いを大切に、目標である「やさしい言葉で深い内容の句」へ向かって、一歩ずつ歩いていきたいと思います。

［作品］
絵本からこぼれた夢を志す
たくさんの知らない人とすれ違う
わたしってそんなに珍しいですか
きっとわたしの骨は良いだしが出る
時どきは過去をやさしく拭いてやる
今ちょっと恩を返しに行ってます
住み慣れた森を時どき俯瞰せよ
どうしても右折ばっかりしてしまう
ちょうど今脱皮してきたところです
そんなはずありませんよと光ってる

追伸　このあいだ噴火しました

驚くほどにあっさりと許される

吸収力はスポンジぐらいだと思う

ハッピーエンドの後をこっそり追いかける

待ってくださいピアスの穴が閉じるまで

なにはともあれ深くふかーくお辞儀する

それは知らぬが心の痛みならわかる

ただいまと言えるところはありますか

らりるれろあたりでやっと追いついた

晴れたなら全部許してしまいそう

## 蛇皮線ののどか戦さを忘れない

田嶋　多喜子

［出典］『新作五十句集』（私家版、二〇〇六年）

［鑑賞］「蛇皮線」は「三線」とも言う。

中国の元の時代におこった「三弦」が琉球に広まったといわれる。日本の三味線の先祖にあたる。文字通り胴の両面に蛇皮を張ってある撥弦楽器であり、沖縄や奄美諸島の人々に愛されている。その奏でる音色は独特で、平和な島々に暮らす人たちの心を癒やしてくれるのである。だが、その島にも不幸な時期があった。第二次世界大戦での日本の最後の地上戦である。そして、その苦しみはいまも続いている。いわゆる基地問題である。島中が基地であったころからはいくらか改善されているが、沖縄県民だけにその負担を強いてよいのだろうかと問う。その意味で「戦争」はまだ終わっていないのである。

作者は沖縄住民ではないが、この地を訪れてそう感じたのであろう。沖縄の人たちは音楽をこよなく愛し、その天性の音感からかすばらしい歌曲が生まれ、心に沁みる歌を聴かせてくれる歌手を輩出している。「海の青さに空の青♪」沖縄民謡「芭蕉布」の豊かな自然に恵まれた沖縄（うちなー）。この島を二度と戦場にしてはならない。――その思いを凝縮した一句である。

［略歴］ **たじま・たきこ**

一九三五（昭10）年、富山県生まれ。昭32年から作句。川柳えんぴつ社同人（編集）として今日に至る。句集に『かくれんぼ』。

［作者からのメッセージ］

富山県のシンボル、立山連峰は険しい岩峰ながら四季それぞれの趣があり、心を和ませるやさしさを合わせ持つ素晴らしい山、見飽きない山である。

川柳もこの立山のように厳しさの中にもほっとさせる暖かさのある句、そして誰もがわかる句を作り続けたいと思っています。

早春の残雪を紫色に染める立山連峰の夕映えを皆さんに見てもらいたいものです。

［作品］

やせた土地言わずに蕎麦を誉めている

お守りの期限知らずにいたうかつ

線よりも点の付き合いだから好き

リハーサルもない本番でする葬儀

紅葉のもてなし上手へすすむ酒

耳下腺が詰ったような雪の夜

濃淡もなくておぼろになる記憶

善人の顔で歌っている第九

やわらかい脳へ未来を托そうよ

汚職へと続く回転椅子がある

墨客に愛され跳ねている河童

渋滞の都会自転車軽く抜け

血圧を忘れ珍味へ伸びる箸

人並みが好きでドミノの中にいる

これがまあ先祖か猿をじっと見る

究極のテスト閻魔にして貰う

残業のようにも見える昼の月

百歳の時空を越えたよい笑顔

鉛筆にしゃべらせている腹の虫

感激の為に両手は空けておく

## 卵管で男のコラム読んでいる

立原　みさと

［出典］「川柳木馬」第一〇八号（川柳木馬グループ、二〇〇六年）

［鑑賞］「勇敢で率直な句である。「男女共同参画社会」が言われるようになってから、男女の性差を口にすることをはばかるような風潮がある。

「性差」とは、「男女の性という観点から見た、生理・身体・心理・行動などの違い」（『新明解国語辞典』第六版、三省堂）と辞書にある。

「卵管」そして「子宮」は単孔類以外の哺乳動物の雌性生殖器のことであり人間とて例外ではない。この世に男性と女性とが存在している以上その事実は冷静に受け止めてよいのではないか。

「女性は子宮で考える」と言った人がいたが、作者は一歩進めて「卵巣内の卵子を子宮へ送る管」で感じ取るというのである。

男性には男性なりの論理的批評であるコラムの書き方があるだろう。

一方、女性は「それはちょっと違うんじゃない」と生活者の視点から反論する。そういう感性の違いによる議論があってこそ男女共同参画社会が成立するに違いない。同じ集の中に「発熱の予感林檎を食べてから」の句がある。禁断の木の実を食べてエデンの園を追放された原罪をまだ背負い続けるのであろうか。

［略歴］ たてはら・みさと
一九五七（昭32）年、高知県生まれ。昭63年、海地大破氏に師事し川柳入門。平3年、川柳木馬ぐるーぷ同人となり現在に至る。

［作者からのメッセージ］
工藤直子さんのフォトポエム絵本『おはつ』は、見過ごしそうな「おはつ」―はじめましてが、沢山収められている。
見慣れた風景でも、その日の朝に生まれた木の芽や、生命があるはずだ。言葉も同じように、突然見えなかった風景や色を持ち、輝きはじめる。物心両面をみるしなやかさや、削ぎ落とす視点を作句する上でも、持ち続けていきたい。

[作品]

手のひらで風を遊ばす別れかな

萩こぼす光の中にある迷い

菜の花の真ん中にいてなお孤独

逆縁や乳房ふたつを受け皿に

花びらを凶器に変える暮色かな

萩たわわ乳房をはしる不快感

くちびるを重ねて桃の舟を漕ぐ

母を裏切る合図桜咲く

まなざしを絡ませあって桜散る

有形無形の花を静かに見送りぬ

一対を最高美とする日の丸よ
聖戦を謳う国から老化する
悲しみのてっぺんに木を植える
少年のうねりにも似てゴッホの黄
桃の歯型残して君は疾走す
もういいかい沈黙を料理する
哀しみに焦げめがつくのを待っている
形にはならないものを磨く朝
たましいをこそばす水を汲んでいる
辞書にない言葉ブランコを揺らす

# 五時四十六分ガラスの靴がこわされて　田中　節子

［出典］『悲苦を超えて』阪神大震災作品集（編集工房円、一九九五年）

［鑑賞］「いま神戸が燃えています」甲高いアナウンサーの声とともに映像が茶の間に飛び込んで来た。平成七年一月十七日（火曜）午前五時四十六分に、マグニチュード7.2、震度7の大地震が起きたのである。

掲出句は、まさしくその事象と心象を詠んだ作品。まことにリアルである。

死者・行方不明者六四三五人、負傷者四万三七九二人、住家被害五一万二八八二棟（消防庁災害対策本部。平12・12・27発表）という未曾有の災害が世界中の人々を驚かせた。作者も被災地に住み体験をしたのである。

「五時四十六分」その瞬間に多くの人々の「ガラスの靴」が粉々に散ってしまう。

こんなことがあっていいのだろうか、というのが被災者の方たちの思いであり、それを十七文字でつなぎとめた鎮魂の一句であろう。
いま、その神戸の街は多くの方たちの努力によって不死鳥のごとく復興を遂げた。
犠牲となった方たちの鎮魂と、都市の復興再生への夢と希望を託して光の彫刻「神戸ルミナリエ」が冬の夜空を照らし続けている。

［略歴］
**たなか・せつこ**
一九三八（昭13）年、舎里院生まれ。ふあうすと川柳社同人、運営委員（理事）。兵庫県川柳協会常任理事。紋太賞、ふあうすと賞受賞。

［作者からのメッセージ］
「お茶もお菓子もあるよ、遊びに来てね」の甘いお誘いからの川柳でした。
十七文字に魅せられての作句は、花の稽古に行く阪急電車の中でふっと浮かんだふわりふわりの句が自分らしいかなとも思っています。
自然に吹き込んでくるモノを待っていたり、迎えに行ったり、時には苦しくもがきながらの作句ですが、気持ちのよい空間を広げてゆきたいと思います。

[作品]

もう一人乗れるよ花びらの切符

風がこころを反対側へ連れて行く

かなしみの凹み三日月が咲いた

腰痛を風が放したくるり晴天

海は荒れもようトイレは薔薇のタイル

冬の丘から降りてきた寄木細工

丘へ丘へ影を待たせて麦藁帽子

青い花溜まる壊れたチェロケース

にんげんが持つ滴りの続く傘

わたし探しの原画紀の川桃の村

正面の男は雲を見てきたか

点在の神透くばかり皿の飯

毀れそうなたましい蒼いさくら降る

てんで勝手に種を蒔いて　家族

風の起こりは野の花たちのフォルティッシモ

塩辛い雨のときどきここをふるさと

傷ついた紅の向こうのお月さま

百歳が逝くあざあざとひまわり化粧

ほーほけきょなんて陽気な鎮魂歌

水は楽器ふいに暮らしの音を聞く

## ビー玉ころころ密告の日を数え

田中　峰代

［出典］『田中峰代30句集』（私家版、二〇〇六年）

［鑑賞］おもしろい句である。いや、むしろ他愛ないように見せてこわい句なのだろう。川柳は一編の小説に匹敵するという人がいるが、これは推理小説の原液である。これからいかようにも展開する可能性がある。山村美紗さんなど女性のすぐれた推理作家は多い。作者もそういう才能を秘めているのであろうか。まずは、語句の解説からいこう。

「ビー玉」は「〔『ビー』は、ビードロの略〕（子供の遊び用の）ガラスの玉」。また「密告」とは「その人が知られては困る事を、本人に知られないようにして、関係当局などに知らせること」（『新明解国語辞典』第六版、三省堂）と辞書にある。この「ビー玉」と「密告」がどう結びつくのか、おそらくは密告者の心理と自分自身の幼い日の記憶を重層的に描こうとしたのであろう。「ころころ」がポイント。ところで事実は小説よりも奇なり。報道によると中国・上海の日本総領事館事件を受け、外務省は諜報対策を強化したという。女性工作員によるハニートラップ（甘いわな）対策として「親しく接近してくる異性に注意する」などのマニュアルで研修（読売'06・6・11付）とある。スパイ映画を地で行く国際社会の姿。「密告」もその断面。

［略歴］たなか・みねよ

一九四一（昭16）年、香川県生まれ。昭39年頃、香川の「川柳どくしんサークル」で作句を始める。「ふあうすと」同人。昭43年、合同句集「燎原」に参加。昭56年頃、同人辞退。休眠に入る。平15年、「バックストローク」創刊に参加。

［作者からのメッセージ］

川柳を知って四十年、最初は楽しんで作っていましたが、徐々に自分の作品に矛盾を感じ始め、もう少し勉強したい思いと、子育て、仕事といそがしさに追われ、川柳から遠ざかってしまいました。

「バックストローク」創刊を機に誘いもありボツボツ作品も書くようになったところです。ただブランクは大きく、大切な時期に何もしなかったことが残念です。

自分なりに真剣に取り組みたいと言う思いでいっぱいです。

［作品］

話上手な湯飲みがひとつ止まない雨

わたしの中の鬼が突然縄買いに

十一月胃裏にほろほろ貯まる鬱

ひとりの夜はたまごを抱いてみたりもする

沸点へなだめ上手な猫の鼻

雨の夜　手頃な棒がそこにある

夜来の雨状差しの中のひとつが濡れている

夕闇に縄とびの縄ポツンとある

ネジゆっくり緩めて昼の月などみる

筍が天に届く日街を出る

金柑煮るふるさとが溢れ出す

一本の裸になるまでの私

二月雨水　蜂蜜が透きとおる

バラ満開仕返しのタイミング

夕立去って一本足りない肋骨

小吉な私を結ぶ梅の枝

弱きかなポポンSなど飲んでみる

安々と睡る終バスの水母

口下手な猫と夕闇に融ける

冬野の中の昨日から始めよう

## 残、醜、衰、耄、懶、背に重く「老い」　谷沢　けい子

［出典］『第24回川柳Z賞入選作品集』（川柳Z賞選考委員会、二〇〇六年）

［鑑賞］一読、これは何であろうと驚くかも知れないが、すべて上に「老」の字を冠した漢字を並べているのである。

「老残」「老醜」「老耄」「老懶」という字のそれぞれが「老」を背負っていると見て、ここで人間の「老い」とは何であるかを考えようというのであろう。

「老耄」の「老」とは七十歳の老人。「耄」は八十歳、九十歳の老人の意であり、「老懶」とは「年老いて、体を動かすのが大儀なこと」（『広辞苑』第五版、岩波書店）と辞書にある。

確かにここに並んだ活字だけを見れば、「老い」に対する負のイメージが強い。だが、この辞書が作られた時代背景は「人生五十年」説の織田信長のころのものではないかと川柳作家は考える。人生八十年、九十年の高齢化社会の現代の目で人生を考える時、もっとプラスイ

メージがあると思う。このごろ言われる「老人力」というのも、単なることばだけではなく実践を伴っている。団塊の世代が近く定年を迎え、新しいパワーへと転換しようかという現在。いま一度自分自身の「老い」を見つめ直してみようか。

［略歴］たにざわ・けいこ
一九五二（昭27）年、新潟県生まれ。昭61年、公民館での「川柳初心者講座」で川柳を知る。現在フリーの立場で川柳誌に投句。句集『からすうりの花』（第4回新潟出版文化賞文芸部門賞受賞）。

［作者からのメッセージ］
斎藤史氏の「我を生みしはこの鳥骸のごときものかさればよ生れしことに黙す」を読んだ時、あまりにも辛く、「老い」の句は決して作らないと決めたはずだった。しかし、六年前、母と同居を始め、自然と川柳も「老い」がテーマになってしまった。今は、母の老いに付き合いながら、自分の老いと素直に向き合っていけたらと思う。

［作品］

声出して泣ける赤子の良い笑顔

命名を辿ると父と母が居た

フランスパン噛み締め第二反抗期

指は母似　斑に剥ける烏賊の皮

落ちぬといふ口紅重し地下茶房

憎むのに大きな理由などいらぬ

乳房冷たし噛み潰す黒胡椒

煮凝りが解け生臭き寒椿

母の娘になれずじまいの絹の染み

神隠し続くザクロの熟れるまで

老いという覗きからくり目の疲れ

ガラスという老女の前で口閉ざす

人形を眠らせ老いを遅らせる

老斑の五指で幾たび砂時計

運不運金魚が破る紙の数

折々の命楽しみ蟬の羽化

羽搏いて飛んでみて散る花ミズキ

これよりは夕日となりて烏瓜

国生みの軽さで迎えたい終焉

冬怒濤脈々とミトコンドリア・イヴ

# 一粒のグリコでいまも走っている

中條　節子

［出典］『掌（てのひら）のサプリメント』（川柳宮城野社、二〇〇五年）

［鑑賞］この一句に出会って衝撃を受けた。わずか一行のことばで時代をつらぬくことができるのだと思った。「一粒三〇〇メートル」のキャッチフレーズで昭和初期に売り出されたグリコというお菓子に象徴される昭和という時代。そしてそこを生き抜いて平成の現代に存在し、いまだ進行形である自分の生き様をこのような形で訴えるすごさ。作者の洞察の鋭さと人間力に驚嘆する。「グリコガアルノデオルスバン」「ジャンケングリコ」「テマリコロコロ　グリココロコロ」カタカナの豆文でコピーを作ったのは岸本水府。グリコの創業者江崎利一氏に見込まれグリコ支配人、広告部長として名を成した。川柳が本業、副業でコピーライターの先駆者となったそのグリコである。昭和フタケタ生まれの作者にもその思いが引き継がれているのではと感じる。何よりも「いまも走っている」と言い切る現在進行形がリアルである。両

手を天に掲げ、バンザイをして走り続ける力強いイラスト、それは戦中・戦後をたくましく生きた日本人の姿そのものではなかろうか。

［略歴］ちゅうじょう・せつこ

一九四四（昭19）年、東京都生まれ。平7年、五七五の会会員、平8年川柳宮城野社会員、平10年宮城野社同人となり仙台市民川柳会、汐の会にも所属。平11年川柳公論めやなぎ会員。平16年宮城県芸術協会会員。平9年度川柳宮城野社宮城野賞（会員の部）受賞。平11年度宮城野賞最優秀作品賞受賞。平16年度宮城県芸術祭賞受賞。句集、川柳宮城野選集第29集『掌のサプリメント』。

［作者からのメッセージ］

思えば引っ込み思案で、授業中手を挙げることも少ない子供でした。ある日観たディズニー映画「わんわん物語」。その帰りに食べた初めてのチョコレートパフェ。カルチャーショックを受けた色や味や音が私の一粒のグリコになりました。川柳に出会って忘れかけていた私のグリコをふたたび見つけました。十七音字に縛られる心地よさと片肌を脱ぐような危うさに川柳を作っている間はまだ走れそうな気がしています。

[作品]

一年をさくら時間で生きている

いそいそと零す四月の生活音

愛されたところ一面毛玉する

キャベツの芯春の背骨はやわらかい

夕刊が来ていた広い家だった

献血の二〇〇CC分春に

一万歩あるく一万語たべる

優しさの度が過ぎているひとり部屋

飲み干されまいと小さく抗いぬ

打たれ強い哀しい頬を持っている

電動ポットいっぱいに海を注ぎ足す
生きてゆくことミシミシと家が鳴る
どんぐりの森ローンならあと少し
ひなた水ほどの曖昧さを生きる
黄落や激しい時もあった月
サンドバッグの内出血を知りながら
柿りんごつぎつぎ父を捥いでゆく
長男も長女も縦揺れに弱い
きゅんとなるまだきゅんとなる蜻蛉玉
一粒のグリコでいまも走っている

# 思い出が静止画像になっていく

津田　公子

[出典]「川柳宮城野」平成一八年四月号（川柳宮城野社、二〇〇六年）

[鑑賞]動かずじっとしているのが「静止」である。ここでいう「静止画像」とはテレビカメラが入れない法廷内の様子や人の顔を静止画として写し出すことに例えているのだろう。動画的に生々しくとらえられた場面も、歳月の経過とともに風化して一枚のアルバムになってしまう。残念だが、致し方ないことだと作者は思ったに違いない。ところで、この句は作者がいま所属する「川柳宮城野」七百号記念誌上大会号に掲載されている。第六十巻第四号の気の遠くなる歴史。筆者の属する「川柳ふんえん」は、同じ四月号で通巻六七五号、二年ほど後輩にあたる。戦後の廃墟から立ち上がって文芸復興を遂げた仲間たちである。「宮城野」と「ふんえん」の交流は古く昭和29年1月から四回にわたり誌上交歓会を開催。仙台と熊本は近かったのである。

六十年句は詠みつづけ枕べに鉛筆おきて父は死したり　末嶋靖生

「ふんえん」創立者の父、大嶋濤明を詠んだ一首。いま東京に在って歌誌「槻の木」を主宰。六十年の月日で「静止画像」となったとしても、それぞれの胸の中で鮮やかに動画として生きている。

[略歴] つだ・きみこ

一九四二（昭17）年、東京都生まれ。川柳宮城野社同人。同誌あすなろ抄選者。川柳けせんぬま吟社「海流抄」選者。宮城県芸術協会会員。河北新報創立百周年記念河北文学賞佳作賞受賞。

[作者からのメッセージ]

至って不器用な人間である。仕事も、車の運転も、料理も真っ直ぐ、素のままが好き。愚直という言葉にひかれている。

川柳の道も手持ちのものだけで歩んできた気がする。しかし歳月だけは容赦ない。四十代、五十代では感じなかった、体験できなかったものが、六十代になって急に増えてきた。これからは、ゆるやかな下り坂を歩むことになる。その中で川柳は、私にとって親しくも手強い相手。そして私の生きる鏡である。

［作品］

あめ色の灯りぽつりと魯迅跡

手の届く幸せの中桜咲く

Tシャツの中で濾過した夏の恋

すすきの穂母に手招きされたよな

前のめり美しきものに気づかない

オリオンも北斗も熊もわが鼻腔

綾取りの川を渡って戻らない

きょうの鬱膝の子猫の重さ程

母の日のカーネーションは枯れ易し

鼓動とも父母の声とも古時計

定年後メーンディッシュは老介護

剥落の原野広がる母の胸

静謐な時が流れる死の序章

長寿国ウォーキングシューズ繚乱

メダカさえ養いきれぬ国となる

かかる時いしやきいもの声だとは

罪な賑わい老いの正月

漬け物石の乾いて孤独

お歳暮で測る今年の骨密度

この道の果てる所に冬木立

# 国論が揃うあやうさ菜種梅雨

時枝　京子

［出典］『せぴあⅡ』（川柳グループせぴあ、二〇〇五年）

［鑑賞］戦後60年に発刊された句集に収められた句として意義がある。60年という歳月を経過してなお、日本が歩んだ不幸な歴史を繰り返さないと言えるのか。ひとりの女性として声を上げたのである。作者の年代は戦争の惨禍をいやというほど目にしているに違いない。同じ集の中の「千人針を知らない人と国歌論」「地下はまだいくさのつづき不発弾」もこの体験に発しているだろう。

「国論」は「国の進路などについての国民の意見、または議論。世論」また「菜種梅雨」とは「菜の花の盛りのころに降る春の長雨」（『大辞林』第三版、三省堂）と辞書にある。いわば、本格的な梅雨入りの前ぶれとして降る雨であり、これをかつて戦争へと向かった直前の様相に喩えている。

いま、アジアの日中韓ともに噴出しようとするナショナリズムが問題となっているが、それに対する警句と言えるのではないか。わが子を戦火の渦中に送り込む事態になることを喜ぶ母親は、どの国にもいない。いったん走り出したら止まらないのが戦争。国防婦人会のたすきをかけて千人針を頼む母にはもうなりたくないと作者は主張している。

［略歴］ **ときえだ・きょうこ**

一九三〇（昭5）年、福岡県生まれ。川柳グループ・せぴあ所属。せぴあ合同句集第一号・第二号参加。全国郵政川柳人連盟所属。

［作者からのメッセージ］

日の丸・君が代の強制から、愛国心の評価、次には憲法改悪・天皇元首・徴兵制へ？・？。

神風が吹くと信じた軍国少女の前歴を持つ私には「いつか来た道」への、キナ臭い匂いが、鮮明によみがえって来る。

「日本を戦争をする国へ」の声が、国会では多数でも、主権者の国民多数が望んでいるとは、到底信じられない。

楽観も悲観もせず「九条を守る」草の根の一本としての想いを、形にして行きたい。

[作品]

目ざめたる時をば朝と言うことに

公園を独り占めする窓を開け

見納めの予感もちらり花の下

若葉寒　あゝ日本語のうるわしき

青い山　今日は山頭火になろう

逃げ時を考えている足の指

シャネル5でふんわり老いの日を包む

グレタガルボになりきっている夏帽子

乱切りで心を少し解き放つ

イヤリングつけてわたしの耳となる

年あらた　九条守る灯をかざし
基地包囲する大きな手小さな手
キナ臭い流れの中にいる自覚
シャツは白　節を曲げない父を継ぐ
風緑　オリンピックに組しない
ゲルニカにわれ五感にて対話する
麦踏みも買い出しもした足が吊る
多喜二読む微熱がいまも冷めやらぬ
卵割るいのちと思うこともなく
語らねば　千人針をまた作る

## 何だ何だと大きな月が昇りくる　　時実　新子

［出典］『時実新子全句集』（大巧社、一九七三年）

［鑑賞］太陽と月は古くから人間に親しまれ多くの人たちの信仰の対象となっている。神話・伝説そして私たちの詩歌の素材として詠まれる。特に月が冴え渡る「秋の月」は多く詠まれ名句・名歌を誦んじることができるだろう。川柳で詠まれる月は、もっと人間臭くなる。人の生きざまに引き寄せるからである。中でも新子流の骨太のユーモアの句がおもしろい。この句は、田辺聖子さんもお気に入りである。

「実際、月がぬうっと昇ってくるときは『何だ何だ』といいたそうな顔をして、とてつもなく大きくみえるものだ。『何だ何だ』というところが、新子のユーモアの底ぶかいところで、『泣きながら』川柳を書きつつ、そういう自分を視ている」（『川柳でんでん太鼓』田辺聖子著、講談社）この評に尽きるが、こういう俗語を使っても句の品格を失わないところが氏の持ち味。

世界の中にはいつも「大きな月」を抱いている人がいる。イスラームの世界の人たちである。『有夫恋』『川柳新子座』などの著作で多くの新子ファンを作った氏も「大きな月」と言えるのだろう。

[略歴] **ときざね・しんこ**

一九二九（昭4）年、岡山市生まれ。川柳作家・エッセイスト。昭50年、「川柳展望」創刊主宰。平7年、終刊。平8年、月刊「川柳大学」創刊主宰、現在にいたる。昭62年、句集『有夫恋』で文壇デビュー。川柳作家、エッセイストとして活躍。日本文藝家協会会員・日本エッセイストクラブ会員。句集に『新子』『月の子』『川柳新子座』『有夫恋』『愛走れ』エッセー等著書多数。

[作者からのメッセージ]

川柳を書いて五十年。ただいま病中にあって思うことが二つばかりある。読者即作者、作者即読者という韻文の宿命に加えて、一人の選者が全権を握る場が多い川柳界では、選者養成が急務である。（合点法必ずしも佳句を得ず）川柳界への女性のなだれ込み。その台頭に、もしも'87ベストセラーとなった私の『有夫恋』が少しでもシゲキになったのだとしたら、うれしい。

［作品］

耳立てる年の初めのトンカラリ

双乳（もろぢ）いま夕日に吸わせ襟合わす

騙されて出る病院の表門

老婆いてこれがおまえに生き写し

さよならが上手になった枝の鳥

一切のことふりむかぬぼんのくぼ

一人居て鼻赤くなる赤くなる

隣はドガの踊り子よく動く目玉

豆の花少年の手を忘れない

別のこと考えながら夕ごはん

おとうさんふわりとゆれる糸でんわ
手を打ってつぶした二羽の雀の子
だからおまえも、と、責めないでおくれ
ジーンズの枯れ草にあるまたあした
こんど出る船は二十八日後
この川にまた逢うだろう微笑して
折紙の桜でふさぐ胸の穴
手の甲に押し当てている涙だよ
もいちどさくらもいちどさくらそれはむり
すぐ裏返るわたしのギザハート

# 雨天決行　体内時計熟くして

長島　敏子

［出典］『第50回全国川柳作家年鑑』（ふあうすと川柳社、二〇〇五年）

［鑑賞］「雨天決行」は普通には行事の主催者が天候によって行なうかどうかをあらかじめ公示するフレーズである。「雨天順延」がその反対語で主にスポーツイベントでよく使われる。だが作者は、それを借用して不退転の決意表明をしているのである。しかも一字空けの手法で、さらに強固なものとする。

「体内時計」は、「生物時計」とも言われるもので、生物体が持っている周期的なリズムをいう。「朝起きて夜寝る」のが一般のパターンであるが、作者はそれを意識的にコントロールしようというのであろう。一種の集中力と言ってもよい。最終日最終組にスタート順が決まった宮里藍・横峯さくらなど女子ゴルフ選手が互いに静かな闘志を燃やしていると思えばいいだろう。長い人生の中で、どれだけそういう場面に遭遇するだろうか。

「雨天決行」するスポーツは、ラグビー・ゴルフなどイギリスを発祥地とするものが多いという。人生の荒天悪路を切り抜けて来た作者が、いままた川柳創作の道でゼット旗を高く揚げている。

［略歴］ ながしま・としこ

一九四四（昭19年）、兵庫県生まれ。ふあうすと川柳社運営委員（理事）。兵庫県川柳協会常任理事。神戸川柳協会常任理事。神戸芸術文化会議会員。西脇時報川柳欄選者。兵庫勤労市民センター講師。平13年ふあうすと賞受賞。

［作者からのメッセージ］

出逢いからもう何年になるだろう。本気で川柳と向き合ったのはあの阪神淡路大震災からだった、と今にして思う。多くの人がそうであったように、私もまた震災で大きく生き方を変えたひとり。

あの日から十年余り。いろいろとあったが、今、川柳は私の恋人であり親友、そして時には励まし叱りつけてくれる人生の道連れ。忙しさと共に充実感を連れてきた川柳と、身も心も熱くしながら毎日を雨天決行で走り続けている。まだまだ助走路だが、いつかいつかを夢見て…。

［作品］

夢を見る　活断層の上に寝て

生卵ゴクッと秋の真ん中へ

虹を背にバックミラーは逆光線

花の下　ここで答は欲しくない

おずおずと叩く黄昏色のドア

コント始まる静かな雨のシーンから

イエローカード君も素直になりたまえ

戦いすんでパントマイムの影絵たち

首までの穴なら庭に二つほど

ドンキホーテに逢いたくなった秋の入り口

かごめかごめ私しばらく人嫌い

ひっそりと夏を手放す駅裏喫茶

まわれ右してから続く不整脈

薔薇抱いて風より前に出たくなる

うす紅でなぞれば浮き立ちそうな影

逢えぬ夜はうすむらさきの月を抱く

さよならの背中に何を足したとて

夕映えに影の長さを確かめる

時々は止まって風を抱くことに

枯れ葉はらりと我が瞑想を破らんや

## 許そうか　テネシーワルツ聞きながら　長浜　美籠

［出典］誌寿記念句集『川柳塔』（川柳塔社、一九九四年）

［鑑賞］「テネシーワルツ」。ちょっと年代物の曲である。アメリカのヒットチャートで、一九四八年にレッド・スチュワートとピー・ウィー・キングによって作られた曲。レコードはミリオンセラーになったという。日本では江利チエミが十四歳でデビューした時歌って大ヒット。その後、加藤登紀子なども歌っている。作者の年代からすれば、江利チエミの印象が強いのだろう。

ワルツは、四分の三拍子の円舞曲。あのドン、チャッチャ、ドン、チャッチャのリズムで筆者も若いころ踊ったことがある。

おそらく作者もいろいろな思い出があるのだろう。「許そうか」というフレーズは、きっと当時は許しがたい出来事があったためではないか。「テネシーワルツ」は、失恋の歌なのだそうだ。「恋人とテネシーワルツを踊っていたとき、友だちに恋人を紹介したら盗られてしまった」というのである。
いわばうらみ節なのだが、聞くと甘酸っぱい旋律である。時が過ぎ去ってみると、ああ、そんなこともあったなーと寛容な気持ちになったのだろう。「許そうか」のあとの一字空きがよく利いた一句である。

［略歴］ながはま・みこ
一九三五（昭13）年、徳島県生まれ。平9年、川柳塔同人。川柳塔社常任理事。尼崎尾浜川柳会会長。尼崎市川柳協会会長。尼崎市文芸連盟常任理事。

［作者からのメッセージ］
一人娘が、夫と同じ歯科医師を目指して大学受験を始めたころ、私は川柳と出合い川柳の奥行きの深さ、魔力に囚われていました。
娘が国家試験に合格した平成九年、夫が急逝しました。娘の合格の喜びと、夫の死と…。天国と地獄を味わって絶望していた私に、川柳は優しく、熱く、時に厳しく、寄り添い慰めてくれました。川柳のお陰で今の私があり、娘から自立することが出来ました。人肌の温みのある川柳を目指したいと思います。

［作品］

遠い日の転がって来るラムネ玉

まん中にいて淋しさが跳ね返る

淋しさに負ける　蛇口を開けて　ひとり

五感濡らす音符　こころに灯が点る

これからを思う潮騒聞きながら

バラ一輪きれいごとでは生きられぬ

冬の峠でやわい女の殻を脱ぐ

独りから抜けだしたくてポストまで

ときめいています木漏れ日とわたし

逢って別れてアブサンと揺れている

遠まわりする気になった炎の匂い
秋の街泡立つものを懐に
風と歩いてたくさん聞いた風の声
藪椿この世の沙汰は謎ばかり
リンゴパイ余罪を突いてみることに
差し水をして反応を待っている
今ここで言うまいやがて水ぬるむ
冬を病んで賀状一枚書き残す
春愁や胸の振り子が鳴り止まぬ
過ぎし日へ迷うポッペンの音色

## みるみるとお家がゆるむ合歓の花　なかはら　れいこ

[出典]『脱衣場のアリス』（北冬舎、二〇〇一年）

[鑑賞]「合歓の花」は不思議な花である。

夏の東北地方の山々には、よく見られるがマメ科の落葉高木である。もちろん夏の季語。「夏七月。羽状の葉が夕方には合掌して眠るように閉じるのでこの名がある。梢の先に細い糸状の半分白く半分淡紅色のほのぼのとした花をつける」（『大活字三省堂ホトトギス俳句季題便覧』稲畑汀子編、三省堂）。さすがにきちんとした観察である。川柳のジャンルで自然の風物も取り込んで詠むとどうなるか。そういう意味で、掲出句は実験的な作品と言えよう。

川柳では、主たるモチーフを人間と、それを取り囲む社会を詠むので、合歓の花もその比喩の対象とされる。人間の生きて行くかたち、或いは社会の時事的なできごとの背景である。「もの」を「もの」そのものとして詠むのが俳句。「もの」を介して或る社会事象を詠む、いわゆる「こと」として詠むのが川柳と言える。掲出句の「みるみるとお家がゆるむ」というフレーズは、家屋そのものか、家庭、家庭の崩壊のきざしと見るのであろう。作意とは異なるであろうが、いま現在の時点では、耐震強度偽装という天を恐れぬ所業を予見したと言えようか。

［略歴］ **なかはら・れいこ**

一九五五（昭30）年、岐阜県生まれ。「川柳展望」会員。文芸メーリングリスト「ラエティティア」所属。平10年、ホームページ「短詩型のページμ（みゅう）」開設。平13年倉富洋子と「WE　ARE！」創刊。句集に『散華詩集』『脱衣場のアリス』合同句集『現代川柳の精鋭たち』。

［作者からのメッセージ］

生きているといろんなことが起きる。えんえんと変わりばえのしない日常が続いているように見えながら、昨日と今日とは微妙に違い、今日と明日は微妙に違う。そして、もしかしたら、明後日は永遠にやって来ないかもしれないのだ。お調子者の私は、そんな大切なことも忘れて、うかうかと日々を過ごしてしまいがちである。そうした不安が、私に作品を書かせるのだと思う。

［作品］

げんじつはキウイの種に負けている

曲がりたい泣きたい中央分離帯

にくしんが通る網戸のむこうがわ

えんぴつは書きたい鳥は生まれたい

夕暮れのまどから声が出ていった

開脚の踵にあたるお母さま

持ってでと言われて持っているナイフ

おぼろ夜のくらげのからだ手に入れる

朝焼けのすかいらーくで気体になるの

スリッパが片方　鳥になったのね

鉄棒に片足かけるとき無敵

起立して冬のチャイムを待っている

回線はつながりました　夜空です

ぼくたちはつぶつぶレモンのつぶ主義者

王様になりたい人はハンコ下さい

よろしくね　これが廃船これが楡

バス停でまばたきしてはいけません

こなゆきになるまでミシン踏んでいる

おとなりに座るしずかな雨の音

行かないと思う天国も中国も

## だいこんの花を同封します　母

中村　誠子

［出典］『中村誠子40句集』（私家版、二〇〇六年）

［鑑賞］みずみずしく思いの深い句である。

「だいこんの花」がいい。「だいこん」はアブラナ科の越年生植物で中央アジア原産という。春に菜の花に似た白や薄紫色の十字形花を咲かせる。もちろん俳句の春の季語。

大根の花紫野大徳寺　　　高浜虚子

大根の花の雪白子は育つ　　　大野林火

よく知られている俳句である。川柳で詠む「だいこんの花」は、もっと人間に引き寄せて情をからめるからドラマティックである。長い津軽の冬。吹雪く夜、屋根がかくれるほど降り積もる雪の北国で生まれ育った作者とその母。どれほど春を待ち焦がれたことであろう。いまは遠く離れ住む娘にとどける一通の封書。開くとなんと「だいこんの花」の押し花が入っているではないか。

無言のひとときは、母と娘の心がふれ合う瞬間——そんなシーンが浮かんでくる。

「だいこんの花」はなぜ十字なのだろうか。人々の祈りに応えるためのような気がする。読み手にいろいろな展開を想起させるパワーがこの句にはある。「もの」を言わない俳句もいまは「もの」を言う時代。変幻自在の川柳の可能性に賭けようか。

［略歴］**なかむら・せいこ**

一九四〇（昭15）年、青森県生まれ。昭61年から川柳を始める。弘前川柳社同人。青森県川柳社同人。

［作者からのメッセージ］

生きざまを自問自答して、想いはいつも混乱する。これでよいのか、よかったのか…。月に一、二度の母子の会話、それだけでホッとする。他人の花はまっ赤に咲いても、華やかに咲いても羨むことはない。母から子に贈る平凡な大根の花の幸福が、互いの胸にひびき合う気がする。どんな人にも、母の存在は大きい。単純で素朴な母の背に、大きな愛が見えてくる。

［作品］

わたくしに好きと嫌いの影ふたつ

哀しい骨です潮騒が聴こえます

いつからか飾りボタンになっていた

はなみずき誰とこの角曲がろうか

あきらめたシャツを漂白してしまう

前向きにたとえば空と蔦かずら

もう誰も愛していない指きつね

眼を瞑る　わたしが私から逃げる

公式に嵌り淋しくなってくる

絞り切ったレモンわたしの別れのかたち

いつの日かきっとひとりになる切符
美しい言葉だ他人だけの街
秋霖や人のかたちで降りる駅
真横からくる淋しさは愛だろう
波瀾万丈匙に一杯ほど野性
プラスマイナスゼロになったら解けた指
恋の糸長さは合っているのだが
生き方がちがう真夏の交差点
許そうと思うなかなかまどが赤い
ラッピングされた玉子を信じてしまう

# 方舟はどこへ駅前銀座商店街

中山　恵子

［出典］『点鐘雑唱』二〇〇五年刊（現代川柳・点鐘の会、二〇〇六年）

［鑑賞］現代風刺が効いたパワフルな作品。

「方舟」は「ノアの方舟」を指す。旧約聖書創世記にある物語に由来する。

「義人ノアは、人類の堕落に怒った神の命を受けて箱舟を造り、その家族および一つがいずつの動物たちとともに乗りくみ、神が起こした大洪水を生き延びて、人類の新たな祖となったという」（『大辞林』第二版、三省堂）と辞書にあり、これが映画化され迫力あるシーンを観た人も多いだろう。

作者はその想いを、都会の市街地繁華街が、郊外の大型ショッピングセンターの出現で空洞化しつつある現象に結びつけている。

「駅前銀座商店街」という長い名前を短い詩型にあえて持ち込んだのは、その象徴としてであろう。「駅前」も「銀座」も人が集まるところを意味し、かつてそこには黙っていてもお金が落ちていた。生活雑貨から趣味・ファッションなど多様な商店が並び、娯楽の中心、映画館、パチンコ店が立ち並んでいたからである。ところが、近年生活スタイルの変化で住環境である郊外へと重心が移る。

「方舟はどこへ」オーマイゴッド！の叫び声が聞こえてくるようだ。

[略歴] **なかやま・けいこ**

一九四八（昭23）年、愛知県生まれ。昭55年、川柳作句開始。綿毛の会、ふれあい川柳会、「創」同人を経て、現在は、点鐘会員、双眸会員、現代川柳μ(ミュー)同人、現代川柳隗同人。

[作者からのメッセージ]

ふと気付くと、旅に出ていた。何を求めるでもなく、何に頼るのでもなく、歩いてみたい。いつもよりちょっと早起きをして日帰りで充分な所でも、日の出から日暮れまでにはかなり長い時間がある。

低い軒や小さな神社、すべてが煌めいて見える。何かを見付け、何かを確かめ、いつかの記憶を甦らせながら、小さな旅は続く。

何故か分からないが、新鮮な言葉をそっと与えてくれるような気がする。

［作品］

雨有情遠い虹抱く観覧車

夜一夜　記憶の外に匂う藤

秋夜孤心　風船柔らかく萎む

自画像を洗いに冬の水飲み場

山翳に無言歌消えて耳煙る

水蜜桃何処かで消した灯の匂い

もう良いと思う崖から先に崩れ

水脈に根を届かせて行く　現

どの指に止まると迷い消えますか

外づらのきれいな月を撃ってみる

みつ豆を食べる　啄木をつまむ

泣き虫だって雪虫だっていいじゃない

一斉に祈ると神が倒れます

アイディアが紅葉する頃逢いましょう

秋天に浮かぶやわらかい切符

どれ程の罪があるのでしょう　汽笛

起点だと思う岬だ耳を研ぐ

樹になっていたんだね　落書き

楽園は出口ばかりの象形文字

沈黙のまわりに梅と雪を置く

## 子離れすざくっとキャベツ割るように　成田　順子

［出典］『成田順子40句集』（私家版、二〇〇六年）

［鑑賞］親と子の関係は、親密であればあるほどいいのかというと、そうばっかりも言えない。ただでさえ血縁の情が濃い至近距離では、子供の心身の成長を妨げるし、冷静な判断もできにくくなる。親子といえども別人格であるから、それぞれ自立した人間関係を築くべきなのだろう。「子離れ」とは「子供の自主性を重んじ、成長するに従って、親が干渉することを控えること」（『新明解国語辞典』第六版、三省堂）と辞書にある。ごもっともであるが、これがなかなか簡単にはできないのである。

この逆の「親離れ」も同様。居心地が良い状態からは抜け難い。そこで作者は「ざくっと」包丁を入れてDNAを断ち切ったのである。それも白菜ではなく「キャベツ」を割るという比喩はまさに適切。同じ葉野菜でも硬さ厚さが違う。どちらも明治初期に渡来したが、白菜は中国北部原産、キャベツはヨーロッパ原産で質感が異なっている。作者の同じ集の中に「子をぶった手ですおむすび握った手」があり、断ち割った時の痛みが感性として伝わる。「子離れす」の古語形が句の格調を高めている。

［略歴］なりた・じゅんこ

一九四四（昭19）年、青森県生まれ。昭54年、地方新聞欄に投句を始める。弘前川柳社同人。青森県川柳社同人。川柳研究社会員。

［作者からのメッセージ］

川柳に手を染めて四半世紀、経過しました。長かったような短かったような……。

川柳は私にとって生きる糧です。私の怠惰な心に喝をいれてくれるものと思っております。多くの柳友との出会いそして悲しい別れもありました。生きている証としてこれからも川柳を続けてゆくつもりです。

［作品］

短所だけ似た子を思う血を思う

不登校百人の子に百の鍵

オイという名前じゃないがオイと呼び

茶漬けサラサラ私は日本人でした

子をぶった手ですおむすび握った手

大輪のバラそれなりの肩の凝り

天国の郵便番号知りませんか

むくむくと闘志湧く日の握り飯

春が来る春が来るさと米を研ぐ

パズル解くまでは新鮮だった君

皿盛りの鰯にもある自尊心

歩け歩けと囁いている土踏まず

乾杯の好きな男の赤い鼻

戦場を見ている朝の掛け時計

男運嘆いて猫と仲が良い

子育て記母の消しゴム丸くなる

小吉が寝てる鼾をかいている

葬儀社が来た泣いてなどいられない

訃報届く空こんなにも青いのに

赤い花赤いと言えば叱られる

## 抱かれて種を明かしてしまうなり

西　恵美子

[出典]『さくら』（川柳宮城野社、二〇〇四年）

[鑑賞] これは女性でなければ詠めない一句であろう。「抱く」は「抱くの雅語的表現。結句の「なり」の切れ字と呼応して、のどかな平安朝の秘めごとのような風情でもある。「しまうなり」と納めてそれ以上の理屈を言わないところがいい。「知ってるかあははと手品やめにする」という相元紋太の軽妙な作のように、手品は種が知れるとだれも振り向かない。男と女の綱引きのような心理をこのように解析する作者はただ者ではないようだ。『さくら』と題した集には他にも「雨漏りがしてます胸のあちこちで」「飴玉の中に閉じ込める うふふ」というような諧謔味のある句が収められていて読者を存分にたのしませてくれる。「さくらは、私のなかで、炎であったり、風であったり、水であったりいたします」と「あとがき」で述べる作者の曲はまさしくシャンソン。

「尻尾ならついさっきまであったはず」終章近くのこの一句がまたすばらしい。「抱かれて」の作と一対になって作者の遊びごころがじかに伝わってくる。

[略歴] にし・えみこ

一九五〇（昭25）年、宮城県生まれ。平6年より川柳を始める。平10年「せんりゅう弥生の会」を発会。川柳宮城野社同人。柳都川柳社同人。山形川柳わっか吟社同人。いわて紫波川柳社。㈳全日本川柳協会常任幹事。宮城県芸術協会会員。わっか吟社年度賞準賞、紫波川柳社柳貌集年度賞、はつかり吟社年度賞等を受賞。句集に「川柳宮城野選集」第18巻『さくら』。

[作者からのメッセージ]

川柳は自分の思いを暴露する唯一の手段、言わば一度きりのステージのようなものである。今限りのヒロインとしてステージに立ち、秘密を少しずつ解き明かす。今しかない時間。秘密が多ければ多いほど、奥深いステージ…川柳が吐けそうである。秘密は小出しのほうがいい。みんなは知らない。私に尻尾があることも、私が時としてミリサイズになり飴玉の中に忍び込めることも。

［作品］

わたくしが旗であり続ける呪文
ゆらゆらと野火を見ている廻り椅子
煌びやかな言葉を鉤括弧で閉じる
不定形で届くいちまいの景色
花おぼろ赦されるためだけに咲く
宝石箱には糸屑がいっぱい
生きんとす切符はひと駅だとしても
糊しろのあたりで燻っています
ぽとぽとと濾過されちゃった虹の赤
大皿いっぱいに黙約が透き通る

夕焼けこやけ行方不明の処方箋
少しずつ切り捨てられていく時間
春が通ります　私の脇の下
秘密ばかり溜まる二番目の引き出し
真冬日が三日続くとあがる花火
涙まみれの重たい虹ですが　いかが
指間から水をこぼして哀をこぼして
書き損じわたしの今が出来あがる
狂っても光るしかない　ほたる
楕円形の空間浮遊する絵文字

## パッチワーク恋のかけらを継ぐように　西口　いわゑ

［出典］『ローズ川柳会合同句集』（ローズ川柳会、一九九八年）

［鑑賞］「パッチ」は小片・断片・継ぎ布のこと。それに「ワーク」と付くと手芸の技法となる。さまざまな色や柄の小布をはぎ合わせて一つの面を作るもの。このごろよくその展示会などが催されるようになって来た。この句の核心は、それを「恋のかけら」と見立てたところ。女性の感性がパッと花開いたような作品と言えようか。手芸に熱中している当人にとってそういう意識があるかどうかはわからないが、深層心理的にそういうものがあるとした作者の手柄である。

色彩鮮やかな小布は、それぞれ来し方の恋の思い出につながっていて捨てがたい。

それをどのようにはぎ合わせて一大パノラマを構築するかは、作者だけが知っている秘密。あの時の炎のようなカルメンの恋は真紅の布。「初恋の味カルピス」をストローで吸ったのは水玉色の布。まだぬくもりが残っているあの人との恋はどの布にしようかしらと思案する。まさに至福のひとときであろう。

「継ぐように」と余韻をたのしむような結句の終わりかたが作者の思いを象徴しているようだ。「恋のかけら」それは、千年、二千年経っても色褪せることはない。

［略歴］にしぐち・いわゑ

一九二七（昭2）年、兵庫県生まれ。昭55年、川柳入門。昭58年、川柳塔社同人、現在同社参与。

［作者からのメッセージ］

振り返れば二十数年間、川柳と哀歓を共にして来た。其の間夫の両親を見送り、二人の子供たちの結婚、阪神淡路の大震災で、家は全壊の憂き目に遭った。

でもどんな時も、川柳という扉を開けるとそこは万華鏡であり、何者も介入出来ない私ひとりの世界、そこで喜怒哀楽のドラマが展開していくのである。

これからも鉛筆の持てる限り、川柳に拘って行くであろうと思っている。

［作品］

御堂筋黄色いコント降ってくる

鉛筆に裏の裏までのぞかれる

黙秘権ポテトチップスたいらげる

グラスの中の戯れなのだこの浮世

ユトリロの世界に沈む小半日

心寒き日の大きなイヤリング

プライドという厄介者が妥協せず

落ち椿女の園をみる如し

脈々と続くわたしの天の川

チョコレートに女心を遊ばせる

満月の凄さ悪女に似たるなり

幻の宴のような恋だった

菜の花にふんわり抱かれ眠りたし

もの思う本はページをめくるだけ

バッジ一つに人間の首つながれる

ひと言が深い闇からひきもどす

憧れの星を摑んでうろたえる

わたくしを替えても影がうなずかぬ

カーネーションしかとわたしに子がふたり

震災もテロも夢だと思いたし

## 身のうちの花瓶に花のない日なり　　西出　楓楽

［出典］『川柳塔』創刊80周年記念句集（川柳塔社、二〇〇四年）

［鑑賞］一読ドキッとさせられる内省の句。

「身のうち」つまり自分自身の内面に花瓶を持っているという発想がすごい。さらに後段で「花のない日なり」と深く切り込んでいる。花瓶は、花を活けられてはじめてその役目を果たす。「なり」は、俳句でいう切れ字。「や」「けり」「かな」などと同じく文章をいったん切って空間美を作る技法。ここでは断定の要素が入って作者の強い意思を伝達していると言えよう。ここまで書いて来て評者に天の声がとどく。「これこれそんなに細かく見すぎると、木を見て森を見ずということになるぞ」と叱られる。

そうだった。この句は技法のどうこうということではなく、作者の生き方をみずから律しているのであった。花を絶やすまいと日々努めていても花のない日もある。その時あなたならどうしますかと問うているのではないか。そう読み取った時に肩の力がすうーっと抜けて行く。つまりは、限りある人生をどう生きるかということであろう。同じ集の中に作者の句「流れついたところで歎異抄ひらく」を見つけて「ああ」と声を上げて納得してしまう。

[略歴] にしで・ふうらく

一九三八（昭13）年、京都市生まれ。昭54年より川柳塔同人。現在、川柳塔社副理事長・編集長。サークル檸檬代表。㈳全日本川柳協会常任幹事。朝日新聞なにわ柳壇選者。山陽新聞柳壇選者。朝日カルチャーセンター講師。

[作者からのメッセージ]

平凡な見合い結婚をし、一緒に暮らした義母が〝川柳いのち〟の人であったという、運命の神の味な計らいに感謝している。義母、一栄は六大家の一人麻生路郎門下で作句を楽しみ、病身の生き甲斐としていた。その様子を傍らで眺めていた私は、昭54年に亡くなった翌月から作句を始めた。3人の息子も独立し、川柳にどっぷり首まで漬かっていることを、平9年に他界した夫はきっと喜び、応援してくれているだろう。

[作品]

春の森笑い上手で聞き上手

女坂うぬぼれ鏡拭きながら

たてまえを崩すと脇が甘くなる

流れついたところで歎異抄ひらく

花を買う男に油断してしまう

こひびとと書くとしんそこ溺れそう

じぐざぐに進んで戯画に溶けてゆく

一つずつ石積んでゆく誕生日

目尻からおんなの秋は深くなる

携帯を切ると存在感消える

送り仮名違えたほどの行き違い
思い切り笑う泣きたくなった時
ファストフード食べてる使い捨ての顔
太陽と未来　月とは過去語る
一陣の風から貰う比喩暗喩
マリオネットの糸がもつれて嘘まこと
枯れて散るそれがわたしのエピローグ
風船しぼむ望み叶った形して
食べて寝て笑うと棘が抜けていた
秋風に教えてもらう現在地

# 浅間山吹雪へ母の下駄の音

西来　みわ

［出典］「川柳研究」平成十八年四月号（川柳研究社、二〇〇六年）

［鑑賞］「浅間山」は辞書に「長野県と群馬県の境にある三重式活火山。海抜二五六八メートル。数百年ごとに大噴火を繰り返す」（『大辞林』第二版、三省堂）とあって元気のいい活火山であることを知る。作者はその長野県で生まれ育ち、掲出句は故郷を思う連作の中の一句である。「浅間山慕情女学生歩む」「女性用自転車先駆者母でした」などが同じ集にあって、いまは亡き母への回想句であろう。作者の父は医師、母は助産師であったというから、たとえ吹雪の夜であっても産気づいた妊婦のもとへ馳せ参じたに違いない。地域の人たちになくてはならない存在であり、地域医療・訪問看護の先駆的役割を果たしていた。「下駄の音」も時代を感じさせる表現。作品鑑賞も単なる表現技術の批評ばかりでなく、時代背景や作者やその周辺の人たちが生きてきた思いに触れることがあってよいのではないか。

生涯現役の母への思いは、そのまま伝統ある川柳結社を継承する作者の志でもある。昭和五年創立。初代の川上三太郎から佐藤正敏、渡邊蓮夫、野谷竹路そして作者。五代目代表である。

［略歴］ にしらい・みわ

一九三〇（昭5）年、長野県生まれ。昭28年、療養雑誌「保健同人」の川上三太郎選に投句、川柳を始める。昭33年、幹事同人。現在、川柳研究社代表。㈳全日本川柳協会理事。句集に『母子像』（夫、西來武治『菩提心』との共著）。川柳句文集『たんぽぽ』『風車』『ねんころり』。

［作者からのメッセージ］

川上三太郎先生は生涯川柳の旅を続けられていた。不肖の弟子私もまた旅を楽しんでいる。3月4日、故郷長野県佐久市短詩型文学祭川柳選者。3月23日、女学校時代の恩師山室静先生七回忌、生誕百年祭で、教え子代表で想い出を語らせていただく。4月23日、岡崎川柳研究社55周年「子供は風の子天の子地の子」三太郎句碑に対面。5月6日、北海道あきあじ吟社越郷黙朗忌と、喜寿祝賀会に招かれ、6月11日、全日本岩手大会、花巻へ。

［作品］

旅つづくわたしへ花の道がある

森の詩わたしを包み込む歩幅

仏縁を辿る階段を昇る

永平寺瓦へちちははを刻む

ここからはふるさと浅間煙吐く

浅間山噴火キャベツに灰が降る

ふるさとの駅に昔が佇っている

新春のカルテへ過去を消す斜線

花粉ニュース家事一切をボイコット

平和へとひたすら駈けた母の像

透ける陽とハーモニー若みどりを駈ける

花弁のヒラリヒラリと心訪う

季節への対応衣紋掛並ぶ

夏を選る年の差はないペンダント

ダイエット先延ばしする冬を食べ

子へ残す道です真っ直ぐに刻む

学徒出陣昭和の歴史背負って逝く

師父の忌へ集う孫弟子曾孫弟子

冬天へあくまで碧き師父の忌よ

師父辿る句の道はるかさあ前へ

# 春だから真っ直ぐ進む花の道　　仁多見　千絵

［出典］「川柳宮城野」平成一八年四月号（川柳宮城野社、二〇〇六年）

［鑑賞］春。さくら前線が日々列島を北上して行く。長かったみちのくの冬ももう終わりを告げる。草も木もそして人の心も次第に華やいでくる。樹氷をきらめかせた蔵王も、いまはすっかり春の気配を漂わせている。あの時「行こう」と声を掛けて差しのべた彼の手にどうしてすがらなかったのだろう。

わたしを引きとめたのは何だったのか、幾星霜を経ても悔いが残る。「春だから」その一語さえあればひたむきな道へ突進していたに違いない。作者にもそして私にも同じような青春があった。

「さくらの下には死体がある」と言った人がいた。たとえ死体があろうとなかろうと花の道は真っ直ぐ進むほかないのだ──と今ならば思うだろう。掲出句にはそう思わせるだけの不思議な力がある。同じ集の中の句に「本当の私はどんな色だろう」がある。創作とは自分をしっかり見詰め直すことである。そうしてみようという意欲がある限り作品は一箇所にとどまることはない。自分自身にも本当の自分がよくわからないと思う人にのみ川柳の女神が微笑んでくれるのではないか。

［略歴］ **にたみ・ちえ**

一九五二（昭27）年、新潟県生まれ。川柳宮城野社編集同人。仙台市民川柳会副会長。宮城県芸術協会会員。平16年、全日本川柳埼玉大会参議院議長賞受賞。平16年、山形県川柳大会優勝・山形県川柳連盟賞受賞。平17年、川柳マガジン文学賞準賞。

［作者からのメッセージ］

私が川柳を始めて八年になろうとしています。数学が好きで国語が嫌いだった私。母が川柳を楽しんでいても、まるで興味のなかった私。そんな私がなぜ…。その答えは今も出ていませんが、川柳のおかげで人生が楽しく充実したものになったことは間違いありません。

十七音字の中に、喜びや悲しみ、美しさや醜さ、私のすべてを出し尽くすまで、川柳という世界に、どっぷりと漬かり、自分自身を見つめながら生きていきたいと思っています。

［作品］

順調に育っています反抗期
処女作の余白を埋める青い空
私を絞るとポトリ父と母
止まってた時計が動く春の朝
故郷が匂う絵本を買いに行く
初陣の傷は勲章だと思う
馬車になるかぼちゃを探すハイヒール
強がりのさよなら影が細くなる
明日の絵に生まれ変わった僕を描く
虹色がでるまで花の彩を溶く

哲学の道で出会った銀の雨

古傷に触れると割れるしゃぼん玉

妥協したあの日の雨は忘れない

だまし絵の中で遊んでいるピエロ

試行錯誤出口で待っている桜

一歩引くほらね優しい花が咲く

真っ白にYシャツ洗う仲直り

志すものあり未来膨らます

深呼吸今日は緑で生きてみる

自画像にほら父の色母の色

## 包装がへたね　秘密が洩れている

沼尾　美智子

［出典］同人句集『ふあうすと』（ふあうすと川柳社、二〇〇四年）

［鑑賞］掲出句は、日常を詠んでいるように見えて、その実もっと社会的批評のある鋭い句である。ひとが常識と考えていることを、いや私はそうは思わないと意表を衝いた発想がおもしろい作家である。外見をとるか、中身をとるかということには、みんな日々葛藤しながら生きている。「包装」というものは、現代では立派な技術であろう。手際のよいラッピングによって付加価値が出てくる。

中身を中身以上に見せるのではなく、正当に世間に評価してもらうための生きる知恵とも言える。でもそれができなくて、いつも損をしていると思っている人もいる。作者はむしろ、そのへたな人の生き方に共感を覚えているのではあるまいか。要領良く上手に世渡りしている人よりも、お人好しでおっちょこちょいで世話好きな人が好きなのだろう。

それはなぜか。生きて行くことにいつも本音でぶつかっている人に、人間としての可愛らしさいとしさを感じるのではないか。個人情報保護法が施行されて、ますます人と人とのつながりが希薄な時代となった。作者も匿名社会が決してよいこととは思っていないだろう。

［略歴］ **ぬまお・みちこ**

一九三九（昭14）年、東京都生まれ。ふあうすと川柳社同人。平15・16年度、ふあうすと賞準賞。平16年、ふあうすと大賞。

［作者からのメッセージ］

サザエさん一家は笑いとペーソスにあふれている。クラシカルのようでちゃっかり、うっかりのようでしっかりしている。時代の波に乗っている。四コマのサザエさんを十七音にできたらと思う。何より歳をとらないのがうれしい。つくづくサザエさんになりたい。終えるまで楽しく暮らしたい。

［作品］

天井を睨むまさかのアスベスト

入れます保険に生湯葉の迷い

深呼吸　ほうら希望がふくらんだ

貰われた先がよかった花の種

ベランダに英語の花が咲いている

生い立ちをしみじみと栗の渋皮

縋りたい背中　青汁飲んでいる

少年の抜け殻えびせんの袋

わたくしの口から伝えねば歪む

無伴奏わかれの曲は突然に

また逢いに来ますそば湯の塗り手桶

まんじゅうに聞く父のこと母のこと

忘れ得ぬひとふわり来て　秋暮色

折り合いがついて牛蒡はさきがきに

枇杷の皮むくぎりぎりの妥協点

クリーニングに任すジャケットの身の上

仕上がりにト音記号のマヨネーズ

俄雨　となりの夜具がしまえない

湯どうふがゆらり秘密がこぼれそう

オブラートはがす現代かなづかい

## ブリキのバスはははひふへほたる散りばめて　野沢　行子

[出典] 新作20句集『睡蓮の闇』（私家版、二〇〇六年）

[鑑賞] なんとも不思議な一句である。そのメルヘンチックな構成から見れば一行詩と言うべきかも知れない。だが、この作品には伏線があった。二〇〇一年に結婚二〇周年を記念して上梓した野沢省悟・行子川柳句集『七夕物語』収載の次の作品からつながっているのではないか。

亡父の髭濃きまま俚るブリキの玩具

痛みはすでに蛍となった母の家

銀河鉄道あかりを乗せる花の駅

「あかり」は、作者の胎内で息を引き取ってしまった長女の名。それが「蛍」となり「ブリキのバス」へのこだわりとなったものと推理する。親が子を失った痛みは、どのように歳月を経ようと消え失せるものではあるまい。モネの『睡蓮』を観て、同じ心情になった時、作者のペンが走り出したのであろう。

フランスの画家モネは『印象―日の出』の純粋さから印象派の代表的画家となった。
作者もまたテーマ作「睡蓮の闇」から新たな一歩を踏み出すに違いない。「前句付」からの題詠を引きずる川柳の世界だが、このテーマで創作をするという文芸の基本を確立して欲しいと思っている。

［略歴］のざわ・ゆきこ

一九五〇（昭25）年、青森市生まれ。昭53年、野沢省悟と出会い川柳入門。昭55年かもしか川柳社幹事。平15年、川柳双眸社幹事。句集に『七夕物語』。

［作者からのメッセージ］

過日「モネ展―睡蓮の世界」を観る機会を得た。三十四点の睡蓮の絵が胸を高鳴らせた。モネが睡蓮を描いていた時期は、妻と長男を亡くし、次男が出征と、絵を描かずにいられなかった心情に触れたとき、館内の睡蓮が一瞬「グラッ」と動いた。この時モネの絵が変わった。睡蓮の咲く水面下にモネが身を置いていたこと。そんな彼をジヴェルニーの睡蓮の池はどんなに癒したことだろう。見えないものが見え、感じる、そこから生まれる一句を私は求めていきたい。

［作品］

さかな屋のさくらの銀はまだ蕾
目を閉じたり放心したりさくら千年
花弁にある血管ズキンズキンと手紙書く
春風や胸に３０ルクスの休止符
揺れるくちびる縄文からの椿降る
マザーテレサの瞳と出会う椿の葉
熟れることの淋しさだろう蝶遊ぶ
銀婚の銀に写経の雨が降る
胸がふるえる睡蓮が咲くモネの闇
ひまわりの耳が壊れる鼻濁音

銀幕を引く夏の手紙も冬の手紙も
ブリキのバスははひふへほたる散りばめて
流星の尾が消えクラゲの手は温し
小道細道左へ折れて萩の橋
紅葉は我が身のひとつチェロ響く
山茶花の生垣を越えレンブラントの瞳
藪柑子途切れることのないアリア
母音の雪降る二月の姉の声は何処
冬日輪父が残したレンコンの穴
セザンヌの林檎を齧る私小説

## もう泣くなコップの水も澄んできた　長谷川　博子

［出典］「番傘」平成十七年一二月号（番傘川柳本社、二〇〇五年）

［鑑賞］「もう泣くな」のフレーズに、とてもつらく苦しい状況にあったことを想像する。しかしそれを強く打ち消す口調に元気と希望をもらう。後半の表現は技法を超えた生命力がある。

コップ一杯の水とひと握りの米があれば人は生きられる。それ以上のものはすべておまけと考えればよいのだろう。作者の住む地のそばには宍道湖があり水郷風景が開けている。筆者の地も森の都、水の都で水資源に恵まれている。何よりも幸せな環境にいることを感謝しなければならない。

水は、水素と酸素の化合物。化学式$H_2O$と学校で習ってどの水もみんな同じ味と思っていた。ところが違うのである。うまい水はあくまでうまい。神様が授けて下さったのであろう。そんな大切なものを目先の利益のために汚してはなるまい――作者もそう思ったに違いない。

かつて作者は「白い皿笑顔が透けるまで洗う」という句を詠んだ。第二回国民文化祭・熊本大会の折である。抽象的でわかり難いという評もあったが、私は佳い句として推し、大賞に輝いた。掲出句と同じく作者の透き通った思いに感動したからである。

[略歴] **はせがわ・ひろこ**

一九四八（昭23）年、島根県生まれ。番傘川柳本社同人。昭62年、第二回国民文化祭・熊本文芸大会、文部大臣奨励賞受賞。山陰中央新報、山陰文芸（川柳）選者。松江しんじ湖番傘川柳会会長。

[作者からのメッセージ]

川柳への想いは人それぞれだが、私にとっての川柳は、自分の手で織った機織の布だと思う。

少女期が縦の糸なら、既婚後は横の糸。あるときは楽しく、またあるときは泣きながら、一枚の布を織り上げていく。

もしも、何処からかトントンカラリトンカラリ、と機織の音が聞こえたら、それは私が川柳を織っている音であろう。そのときは、どうぞお声を掛けてやって下さい。

［作品］

寝ころんで下さいと咲くれんげ草
赤ちゃんがプイと横向く離乳食
一歳を祝う三寸ほどの靴
春が来て尺取虫でさえ踊る
母の日は母を探しに集まろう
濾過された風が山から吹いてくる
八月の祈りちょこんと蓮にのる
余白には青い魚を泳がせる
本捲るひとりぽっちが嬉しい日
屑籠にポイと私を捨てちまう

寂しくはないが木の実の落ちる音

泣いて笑って笑って泣いてふたりぽち

沈むもの沈めて海は黙り込む

足音がしたので蓋をしてしまう

私も時間をかけて月になる

よく転ぶ少し感謝が足りないな

人の影踏んではらはらはらと雪

雪の夜夢の中でも咳をする

母の血を辿ると小さな漁師町

ポケットに溜まったままのありがとう

## 吟醸の雫　戦場のしずく

畑　美樹

［出典］『セレクション柳人12　畑美樹集』（邑書林、二〇〇五年）

［鑑賞］一読目を惹かれる作品である。それは題材としての特異性もあるが、ことばが韻を踏んでいるので耳にびんびん響いてくる。

GINJYO　NO　SIZUKU

SENJYO　NO　SIZUKU

類似同音のリフレインが心地よい。

「吟醸（ぎんじょう）」とは、「選びすぐった原料を使って、十分に時間をかけて醸造すること」。「戦場」は、「戦争が行われている場所」（『新明解国語辞典』第六版、三省堂）のことと辞書にあり、この二つは、平和と戦争、平常と非常の全く異なった場面の対比なのである。この句をどう読み取るか、読者が作者から試されていると言ってよいだろう。同じ集の中には「軍曹のように缶づめを開ける」「座椅子からはみだしている真珠湾」「まどろみの鼻先落下傘部隊」という秀作があり、戦争体験者かと一瞬思う。だが、一九六二年生まれの作者とは重ならない。これは追体験としての創作であって、映画「男たちの大和／YAMATO」（原作、辺見じゅん）の一シーンを想定。大吟醸の清酒ひとしずくを乾し、水上特攻で東シナ海に散華した男たちへの挽歌であろう。

［略歴］はた・みき

一九六二（昭37）年、長野県生まれ。「川柳の仲間句」会員。「バックストローク」編集人。句集に『雫』『セレクション柳人12、畑美樹集』。参加に『川柳の森』『現代川柳の精鋭たち　28人集』。

［作者からのメッセージ］

戦争、ということばを使うのをためらう瞬間がまだある。どこか遠く、どこか近く―やはり、肌に吸い付くような感覚には到底なれないことを知っているから。

日本酒は極辛口を好む。魚の内臓を塩漬けにしたような肴を好む。今、生きていることを、やはりもっと貪欲にこの肌で感じたいと思うから。この作品は、遠い昔、源氏の戦があった土地で詠みました。うれしい記憶になりました。

[作品]

こんにちはと水の輪をわたされる

かがやいてうつむいている竹のざる

ありがとうという骨のかたち

ひきだしにしまうかかとの丸い骨

暮れてゆく途中へ落とすなまたまご

坂道の途中を嗅いで通り過ぎ

まっさきに手首を映す鏡あり

山盛りのところてんぶを差し上げる

触れ合ったところが月になっていく

口開けてわからないものを見ている

お互いの湾のあたりを見つめあう
美しい素足を抱いているカラス
わたくしのしを嗅いでる春の部屋
しめっぽい箱を持ち寄るようにして
コオロギを集めて放つ世界地図
川面から川面へひとりずつひとり
二等辺三角形になってみる
りんご生むしずかに拳振り上げて
君は何族と聞いてくるマリア・カラス
世界から水がしたたり落ちている

## うなずくと微かに首の音がする　　馬場　涼子

［出典］馬場涼子川柳句集『あらくさ』（新葉館出版、二〇〇四年）

［鑑賞］第三回川柳マガジン文学賞・大賞受賞句である。受賞句というのは、普通一次選考、二次選考と多くの選者の目にさらされながら浮上して来る。いわば最大公約数的な要素があるので個性的な作品は出にくいシステムになっている。

「うなずく」は「承知した、その通りだ、などの意を表わすために首をたてに振る」ことであり、表記は、「点頭く」「肯く」「首肯く」とも書く。（『新明解国語辞典』第六版、三省堂）と辞書にある。「首肯」という漢字のとおり動作を伴う意思表示。

掲出句の「微かに」以下が作者独特のとらえかたでインパクトがある。自分の心の中の動きを細かく観察していてはじめて感じる音であろう。同じ集の中に「真実が見えてくるまでガラス拭く」という句がある。ものごとをよく見て創作する姿勢である。

考えて見ると私たち個人は、国家権力や大きな権威の前でうなずきたくない時もうなずいて来た。もうそれはやめようと言っている。

[略歴] **ばば・りょうこ**

一九四三（昭18）年、福岡県生まれ。平11年、みづま川柳会入会。以後、久留米番傘川柳会、戸畑あやめ川柳会所属。「バックストローク」誌友。平16年、第三回川柳マガジン文学賞・大賞受賞。句集『あらくさ』。

[作者からのメッセージ]

脳梗塞が川柳との出会いを作ってくれた。今では川柳のない暮らしは考えられない。夜もゆっくり眠らせてくれないが、それでもいとおしく、面白い。

久留米は西原柳雨の生地である。この地でジュニア川柳の取り組みや他ジャンルとのコラボレーションなどを通じて、地域の文化にいささかでも関わっていけたら幸せだと思う。

『あらくさ』以後の二十句、あまりの稚拙さに恥じ入るばかりである。

［作品］

指一本立てて私の避雷針

愛妻のメトロノームでお茶になる

正直が取柄わたしの土踏まず

海峡の途中で用を思い出す

ほめられて自信過剰のシャボン玉

デジタルの几帳面さが許せない

日溜りに座ると母はほとけさま

野に晒す丸洗いした私を

出すぎらず卑屈にならず紅生姜

六十年またも港は兵を出す

赤ちゃんのこぶしの中にある宇宙

蛇行する川は正論など聞かぬ

門の無い家でどこからでもどうぞ

良心を売ることはない投票日

少年に近道などは教えない

愛想のないコンビニにいる安堵

饅頭のあんが嘘だと言っている

真ん中に座って母は隙だらけ

もう二度と少年兵はつくらない

物忘れしながら沈みゆく夕日

# 夜景でもご馳走します坂の家

浜田　京子

［出典］『浜田京子近作20句集』（私家版、二〇〇六年）

［鑑賞］物事や人の性格は、正の部分と負の部分がある。両方の要素を併せ持っているから物が存在し、人が生きていると言えるのだろう。人の住にかかわる家の環境も同じ。

「坂の家」という立地条件には、当然プラスの要素もあればマイナス要素もある。

風通しがいい、見晴らしがいいはプラス。上り下りが大変、台風などの影響が受けやすいはマイナスであろう。これは人の性格や行動それにともなう生き方の問題と同じではないか。作者は、はからずもこの句で問題提起をしてくれたのである。

トリノ冬季五輪で、スピードスケート500メートル女子競技に出場した岡崎朋美選手は、わずか0・05秒の差でメダルにとどかなかった。100分の5秒でも勝負の世界である。応援した私達以上に当人が一番悔しかったに違いないが、競技後笑顔で手を振って観衆の声援に応えた。精一杯やっても結果が出ないことは多い。数々のマイナスを克服してプラスに転換した努力こそ讃えるべきだろう。「夜景でもご馳走します」という表現の根底には、マイナス×マイナス＝プラスのプラス思考が働いているに違いない。

［略歴］ **はまだ・きょうこ**

一九二五（昭1年）年、富山県生まれ。川柳えんぴつ社同人。（編集）北日本新聞、くらし川柳担当。

［作者からのメッセージ］

五十歳を過ぎた頃、地元の図書館で川柳講座が開かれ、川柳えんぴつ社会長、後に県の文化功労者の木村喜見城師の指導を受けた。以来三十年、講座は教室として現在に至る。

川柳を始めて一年、急逝した母がしっかり抱いていた私の句。一番大切な人を結びつけた川柳に私は運命を感じた。自分に一番合った趣味だと思い込んでいる。支えきれぬ思いをしっかり受けとめてくれる川柳、川柳のお陰で素晴らしい人々に会うことが出来た。

［作品］

イメージを辿れば母の里に出る
愛された思い出胸にある遺産
日めくりを日日好日にする笑顔
針持てば女心に灯がともり
世の中がどう変わろうと児の寝顔
腹の子へ防空頭巾縫うた針
ねんねこのぬくもり残る背の曲がり
風除けに少し太目のひとと居る
ひょいと出ぬ言葉を嫁に助け
最高のしあわせ人に恵まれる

断崖のこんな所に咲く命

喝采を支え続ける舞台裏

行きずりの善意へ礼を言う投書

梅雨らら傘なないろの花になる

枯葉みな風に梳かせた松の青

ひらがなで書くふるさとが好きな筆

鰯にも尾頭付きの自負がある

てっぺんもどん底も知る人の幅

お別れはこんな風にと鳥が立つ

何となく帳尻が合う枕経

# 稲光桃は一人で食べるもの

原井　典子

［出典］原井典子川柳集『捜索隊Ⅲ』（川柳展望社、二〇〇四年）

［鑑賞］作者は特異な感覚の持ち主であり、ユニークで独創的な作品が多い。ここでも「稲光」という舞台装置と、そこに置かれた「桃」という果物。まあそれだけでも何かミステリアスな展開を予感させられる。

桃は、林檎や梨などと同じくバラ科果樹からの果実であるが、その取り扱いがきわめて難しい。果物店でも腫れものにさわるように置かれてあり、中には「触れないでください」と貼り紙されていることもある。

食する時も、小さく切り分けて供されるというより、ただひとりでガブリとかぶりついて味わうことが多いだろう。甘くて水分が多く蜜をむさぼるように食べる。けもの道というか、人間のエゴをむき出しにした気分になるから不思議である。そこへ「稲光」。作者はしてやったりと思うに違いない。

同じ集の中に「生きている人ばかりいる通夜の席」という人の生と死を裏返しにしたような句を見るとおり、作者は人のエゴというものにこだわり、生への執着が強いのではないかと感じる。その感覚を創作の原点とする作者は、まさしく天下無敵である。

［略歴］はらい・のりこ

一九五五（昭30）年、富山県生まれ。平6年、川柳展望会員。平9年、第一句集『捜索隊』。平12年、第二句集『捜索隊Ⅱ』。平16年、第三句集『捜索隊Ⅲ』。

［作者からのメッセージ］

平成17年5月30日に日赤で健康診断を受けた結果、脂肪肝と判明しました。その日から毎日七〇〇〇歩以上歩くことを日課としてすごしております。外の空気を吸ってひたすら歩いていると、今まで気が付かなかった自然界の移ろいや風の匂い空の色に身体が反応をして、自分が生まれ変わっていくような錯覚を覚えます。残り時間をすり減らし乍ら、確実に死に向かっていることを実感し始めています。歩くことを行として、無欲に生きていきたいと存じます。

［作品］

よく見える高さで交尾するちょうちょ

飛行機の中からいつも見える墓

真実を時々映す水溜まり

欠席に大きな二重丸付ける

真っ白い服を脱いだらただの人

嘘つきを通す改札口五番

漱石のことより君の首回り

窓ガラスいつも磨いて寒い家

運動をしなくてもいい文化の日

カーテンを開けて生者の側にいる

お仲間に入れてもらえる御香奠

傾向と対策桃を腐らせる

仏壇の花が程よく枯れていく

しっかりと抱いてもらうと治る傷

恋愛をしたこともあるイヤリング

スリッパを揃える二度と来ない家

明日死ぬ蜆の水を取り替える

ガムテープしつこく貼ってある荷物

水飴が減っている母生きている

人並みに蛇は嫌いと言っておく

# 三人の息子と八月の平和

播本　充子

［出典］『川柳塔』創刊80周年記念句集（川柳塔社、二〇〇四年）

［鑑賞］不思議な句である。「三人の息子」「八月の平和」という二つの事柄を「と」という接続詞で結んだだけでドラマが生まれる。特にこの句では「三人」の「三」そして「八月」の「八」という数詞に重みがある。数字を使う句は、普通動くことが多いが、この句では、これ以外はあり得ないという動かない取り合わせである。一人、二人ではなく「三人」の息子という設定には、母である作者との現実感がある。長男、次男、三男と共通する点もあるが、母の立場から見るとそれぞれ性格も行動も異なりその個性に合わせて育てて来た三人である。どの一人が大切かと言われても困る母と息子との関係。父と息子との関係とは異なるのである。母と娘そして父と息子とは垂直線であるが、母と息子そして父と娘とは対角線の絆なのである。親と子であっても異性であることに違いはなく、そこに微妙な感情が生まれる。「花嫁の父」

と「岸壁の母」との違いであろう。その絆の強い息子がひとりも兵役がなく戦争におもむくこともなく、平凡ではあるが平穏な暮らしをして孫の顔も見せてくれた。ああ、これこそが「八月の平和」という至福なのである。

[略歴] **はりもと・みつこ**

一九三九（昭14）年、東京都生まれ。川柳塔社理事。川柳塔のぞみ代表。朝日カルチャーセンター通信添削講師。

[作者からのメッセージ]

昭和二十年八月二日、空襲により八王子市街は焼け野原に。その炎を竹藪の中で震えながら見ていた私は五歳。そして秋、河原一面に咲き乱れ揺れていたコスモス……。以来、私にとってこの花は平和の象徴となった。

主婦業四十余年、企業戦士の夫と個性の強い息子達との暮らし。肝っ玉母さんに徹したあの頃が懐かしい。沢山の方々との真の交流に支えられ、川柳バカを自負し夫とゴルフを楽しむ今、私の心にコスモスが揺れている。

［作品］

箴言を食べて巻頭言を書く

春風が　無料体験しませんか

溺れ死ぬ訳にはいかぬ五月闇

選ばれた自負限界を超えさせる

一つずつ地雷を花に替えてゆく

ラベンダー畑に体臭を捨てる

柩を離れない一片のさくら

投げ返す石にリボンをつけておく

三日月とどう折り合いをつけようか

男でも女でもない影法師

何度も読み返す空からの手紙

階段のところどころにある狂気

思考を奪ったのはむらさきの風

石ひとつ置いて他人になってゆく

肩書きに見合った声を模索中

目薬をたっぷり迷路から抜ける

深々と掛けてわたしの椅子にする

人生ゲーム孫がオマケをしてくれる

きっとくるわたしが誰か忘れる日

嗚呼遺品燃えないゴミと燃えるゴミ

# 風船がしぼむ再婚でもするか

板東　弘子

［出典］『現代川柳の群像』下巻（川柳木馬ぐるーぷ、二〇〇一年）

［鑑賞］まず、作者のことばから見ていただこう。「私の作品のモチーフは限られた領域のなかで作られてきた。私にとって父や夫への想いが十七文字に形象化されていたようである」作者は、父との早い永別、その後結婚した夫も働き盛りのさなかに失って、その想いへのこだわりが情念の句を生む。

「血族はみんな溺れる泥の河」という作品があるのもうなずける。

「何時までも川のほとりで桃を待つ」いつかはまた流れて来るであろう桃を待ち続ける歳月が続く。「これからの私の課題であるところの作品の転換は、自己の日常生活の意識をかえることでもあると思うのだが…」と作者は語るが、掲出句はその転換点であろう。「風船がしぼむ」の「風船」は作者にとっての長年のこだわりと見てよいのではないか。それといま決別しようと言う。

ところで、結婚に対しての考えは時代と共に変わる。読売新聞が行った結婚観に関する全国世論調査（面接方式）で、「結婚しなくても一人で幸福」と思う未婚女性が73%という回答であったという。（読売'05・2・25付）。結婚という制度への社会認識が明らかに変わりつつある。

［略歴］ **ばんどう・ひろこ**

一九四〇（昭15）年、香川県生まれ。昭55年、山本芳伸氏と出遇い川柳を知る。昭57年、ふあうすと同人。平5年、現代川柳「新思潮」正会員。昭62年、ふあうすと賞。平13年、第19回川柳Z賞大賞。『撩乱女性川柳』参加。

［作者からのメッセージ］

九十三歳の母と過ごすようになって三年になる。父他界後の四十年を母は一人で居てくれた。〈九十の素足で立っているいくさ〉この句は、地元の新聞柳壇で入賞した母の句である。新聞への投句を楽しみに今も指を折っている。しかし、この句のような元気さは影を潜めてしまった。そう言う母への語りかけも気遣いが多くなって来た。三好達治の「乳母車」の一節に「母よ淡くかなしきものの降るなり」の詩が私の胸に響いてくる。母と一緒の散歩から我が家の一日が始まる。

［作品］

桜三里は皆根（みんな）をもつ父の忌よ

湖面一輪故郷の月の落ちにけり

凍天をかすかに啼くか掌の洞

秋霖止まず泥田を抜けてゆく父が

月日耕す狂い田の重い水

船は出てゆく寒月の飯茶碗

塔積みにときどき降りる冬の河原

鳩生（あ）れて水澄む辺り傷つく人ら

石を削って私けずって同胞よ

分水嶺に冷えついている虎落笛

枯れ芒揺れる私も賑やかに揺れる

野火走る老母に深い土踏まず

眠りつづける母のまなこに野火ありや

風群れてくるはらからの静かさに

蠟涙のひとすじ渡りゆく鶴か

帰らない船一隻へ火を焚けり

梟の羽ばたく音は父の書斎

青い馬になるまでしゃがむ遠い森

ガラスの少女とりまく一面菜の花は

ノラを夢みた一本の樹は色づきぬ

# 返信は甘納豆を食べてから

東川　和子

［出典］『冬の花』綿毛の会合同句集第16集（綿毛の会、二〇〇四年）

［鑑賞］いつもユニークな句でたのしませてくれる作者。この句の開けっぴろげの明るさと女性の生きるたくましさに感心する。

「返信」は、その字のとおり来た手紙やメールに対する返事である。便りをもらうのはうれしいが、返事を書くのはちょっと億劫（おっくう）。ましてNOと言わねばならぬものや目上の人への返事にはひと呼吸置かねばなるまい。まずは目の前にある大好きな甘納豆を食べてからにしようというのではあるまいか。

生活者としてのキャリアを積んだ主婦の知恵であろう。

ところで、甘納豆を詠み込んだものに、俳句の坪内稔典さんの連作がある。

　一月の甘納豆はやせてます

　二月には甘納豆と坂下る

三月の甘納豆のうふふふ

四月には死んだまねする甘納豆

以下、十二月まで続く連作で、特に「三月の甘納豆のうふふふ」は子どもたちにもよく知られている。（『俳句』口誦と片言、坪内稔典著、五柳書院）諧謔味のあるたのしい句であるが、それでも謎を残す俳句と言い切る川柳とのニュアンスの違いが見えておもしろい。

［略歴］ひがしかわ・かずこ

一九四八（昭23）年、伊勢市生まれ。川柳みどり会幹事。三重県文化賞文化新人賞受賞。句集に『心語かぜ』。

［作者からのメッセージ］

川柳と出会い、どれほどの年月が流れただろう。自転車の速度でゆっくりきたつもりでも、身辺風景はすっかり変わってしまった。この世の雑事に追われながら、一生なんてあっという間に終わってしまいそう。ときどき思う。川柳で何が残せるのか。何も残せないような気がしている。でも、きょうも生きるための惣菜（言葉）を求めて、自転車を走らせている。

［作品］

ボーイフレンドは傘寿　春の珈琲屋

桔梗にもメールアドレスあるらしい

脇役もシャンプーセットしてもらう

南瓜から包丁抜けず一大事

どうせなら明るい方にグレてやる

予定では毛布洗う日ジャム煮る日

仏壇の御座候がまだ温い

五月のむずむず　陽水を聴いている

冷めないうちに召し上がれ　恋も

愛妻弁当　サニーレタスがちぢれてる

夫も妻もフリーサイズの服を着て

電池入れると夫が偉そうにする

人形のままでいたのよ肥満傾向

紫陽花ツアー奥さまたちは傘差して

風景は午後　サーフィンを眺めている

背の高い息子と歩く春彼岸

娘なのか縞馬なのかわからない

ともだちの黒子の位置を思い出す

ばあちゃんになると揃って菊の声

新妻の隠れ場所なら春キャベツ

## 世界観臍のあたりで迂回する

樋口　由紀子

［出典］『セレクション柳人13、樋口由紀子集』（邑書林、二〇〇五年）

［鑑賞］この句の骨太でスケールの大きなユーモアと風刺は、由紀子川柳の中核となっている。「アフリカの王ならくよくよはしない」「浴槽に浮かべていいます国家など」の話題の句もこの系列である。『樋口由紀子集』では、メディア批評の分野の村上直之氏が「俳諧の正統を継ぐもの」、俳人の堀本吟氏が「ユッコ川柳―どこでもドア―」と樋口由紀子論を展開している。共通しているのは、彼女の作品の発想が自由な点である。芭蕉の晩年の著作『猿蓑』『続猿蓑』で見られる「軽み」の精神であり、それが村上氏をして俳諧の正統を継ぐと言わしめたのであろう。

作者自身は「川柳は大きく化ける可能性のある文芸です。ピリオドを打たず、コンマを打って次の時代に繋ぎたいです」と「あとがき」で述べている。掲出句の「世界観」もまた時代時代によって自由に変化するものだろうと予見しているに違いない。では、どこでUターンするのだろうか。それは「臍のあたり」と痛快に言い切っている。

［略歴］**ひぐち・ゆきこ**

一九五三年（昭28年）、大阪府生まれ。昭56年、時実新子句集『月の子』に出合い川柳を始める。『MANO』編集発行人。『豈』同人。「バックストローク」同人。平8年、川柳Z賞大賞。平12年、川柳句集大賞。句集に『ゆうるりと』『容顔』。『現代川柳の精鋭たち28人集』参加。『セレクション柳人13、樋口由紀子集』。

［作者からのメッセージ］

最近、一番弱ってきたのは視力。近眼に老眼が加わり、近くも遠くも薄くかすんで見える。遠近両用の眼鏡をかけたら、光ってわずらわしい。もう夫の顔も子どもの姿もじっくり見る必要がないので、普段は裸眼で過ごしている。そんなにものはくっきりと見えなくていい。近くも遠くもぼんやりして、はっきりしない方がじっくりものを考えるようになり、いろいろと想像も膨らみ、楽しいことにも気づいた。川柳もくっきりはっきりと見えすぎる必要はないと思っている。

［作品］

いつからか奥の部屋からくる手紙

石段に座れば見える白いバス

写真屋の奥には鮫の頭あり

念のためフランス人形差し上げる

哲学は桃の缶詰開けるとき

鳥たちが三面鏡からいなくなる

ねばねばしているおとうとの楽器

わたくしの生まれたときのホッチキス

感情移入牛蒡の煮える匂いして

鳥の罠をうまく描けたら着替えよう

少年の指を数えた痕があり

しあわせはグリコのおまけ転がして

はつなつへ全身の水入れ替える

両耳がさらわれそうで立ち上がる

人差し指で回し続ける私小説

永遠はコップの中の父の義歯

風船の紐長くなる父母の家

道頓堀の手前で拾う父の病名

月の見えない所に父の建て売り住宅

押し入れに馬を連ねて消えていく

# 町の名が変わる夕焼け三丁目

平井　玲子

［出典］『点鐘雑唱』二〇〇五年刊（現代川柳・点鐘の会、二〇〇六年）

［鑑賞］平成の大合併で、あっという間になつかしい町の名前が変わってしまった。それぞれ由緒ある市町村の名称も消え去り、町役場や学校の看板までも書き替えられたのである。あの日あの時仲良しと肩を組んで写った母校はどこに行ってしまったのだろうか。そんな思いを凝縮した形で「夕焼け三丁目」のフレーズが出て来たのであろう。

この句は「町の名が変わる／夕焼け三丁目」とも読めるし、また町の名が変わる夕焼け／三丁目」とも読める。「夕焼け」に重きを置くか「三丁目」に傾くかでニュアンスは多少変わるが、リズムの良さと意表を衝いた表現で読者を一挙にメルヘンの世界へ誘い込む。

作者の時代に対するこだわりが詠ませたに違いない。同じ集の中の「錦鯉ゆらりと時代反転する」もそのこだわりを色濃く見せていておもしろい。大きな錦鯉がターンする瞬間をとらえた作者の時代感覚であろう。列島改造を唱えてブルドーザーのように駆け抜けた田中角栄が錦鯉と重なる。女性作家も、もはや叙情や情念の世界から文明批評のペンへと昇華しつつあるのではないか。これからを期待したい。

[略歴] ひらい・れいこ

一九三七（昭12）年、新潟県生まれ。昭53年、矢田川柳会より川柳みどり会員。昭61年、川柳展望会員・関西句会参加。平5年、ふれあい川柳会設立参画。平8年、点鐘の会出句・散歩会勉強会参加。平14年、京都「凜」出句・句会参加。

[作者からのメッセージ]

ずいぶん長いこと「川柳の旅をしてきたのに、迷い道ばかりで光が見えませんでした。

狭い世界から抜け出し、月に二・三度京都・大阪・奈良へ出かけ、多くの人達に会い、沢山のものを視ることで、道が開かれるのではないかと思って居ります。

いつも新鮮な気持ちでふれあいを大切に、より深い感動を忘れぬようにと願い、そしてその感動をホームページで紹介する。行動する事で毎日が愉しくなってきました。

[作品]

木の会話人のかたちに寄り添う雨

コミカルに鳥は歩いて水際あたり

内緒話は横に流れるカフェテラス

昼下がり噂の好きなプチトマト

論理的に言えばしらける紙コップ

口論の果ての背中が恥ずかしい

アカペラと冷えたカレーのきわどい味

家族ゲームコップの水が溢れ出る

ぶらさがり健康器具の生欠伸

神さまの許しを受けてみんな忘れた

三角定規の一辺重いにわか雨

信号点滅次の答えを待っている

河をはさんで菜の花畑の錯覚

誰も歩いていない点描の風景画

感性の河へゴッホの書簡集

寛容は青磁の皿に盛ってある

煮込みうどんに筋書きのないドラマ

友だちになったら折れる色えんぴつ

悔恨は空いちまいをめくらせて

行き場所は何処にもなくて河から海

# ノックして愛が気安くやってくる

平田　朝子

［出典］「川柳ふぁうすと」平成十五年十二月号（川柳噴煙吟社、二〇〇三年）

［鑑賞］これはまさしく現代の句である。ノックもしないで他人のドアを開ける無礼者もいるがこれは論外。ノックはするが、一方的な押し付けであったり、名前を借りた実のないものだったりする。「愛」という字をよく眺めて見よう。その真ん中には「心」が据えられている。相手の心へのいたわりがなければ「愛」とは言えないのではないか。インターネット社会になって「ごめんください」の声もかけずにメールが入って来る。出会い系サイトと言われるものも、人の出会いが少なくなった現代社会で、偶然の幸運に賭けようとする人の弱い部分をすくい取ったものと言えよう。世代の違いを超えて現代の不透明感が日増しに深まっている。人の心の内面の「愛」でありながら、社会状況と深くかかわり合っているのである。

もはやシェークスピアが描くような純粋な愛の悲喜劇は存在しないの

ではないか。日々進化しつつあるロボットに主役を奪われるのではないか。愛もまた時代とともに揺れ続けて行くのであろう。

[略歴] **ひらた・あさこ**

一九四四（昭19）年、熊本市生まれ。昭61年、泉ヶ丘川柳会入門。平2年、川柳噴煙吟社入会。濤明賞、ふんえん賞、第3回「オール川柳」大賞佳作、第2回川柳マガジン文学大賞準賞受賞。現在川柳噴煙吟社幹事同人、副会長（編集人）熊本県川柳協会副会長、㈳全日本川柳協会理事、NHK学園川柳講座講師。熊本信愛女学院高校川柳講座講師。句集に『飾らねば』。

[作者からのメッセージ]

私はどちらかと言えば音楽が好きで、文芸には縁がない方でしたから、今この様に川柳に首まで浸かってしまうなど考えられない事でした。母が通っていた川柳会に、たまたま送っていったのがきっかけで、誘われるまま無謀にも投句したのが入選し、そこで即入門となりました。それから約二十年川柳とは切り離せない人生となっています。大好きな川柳の魅力に酔いしれながら、時には励まされ、叱咤され、癒されつつ毎日が川柳との戦いでもあります。

［作品］

他人から見れば淋しい顔でなし

女だけ住む玄関を擬装する

封筒に込める女の息づかい

思い出し笑いの中のいい話

主文読む口おもむろに動き出す

合鍵は時に冷たい返事する

ブランドのプライド中古でも高い

ひとり住む楽屋のように脱ぎ捨てる

嬉しくて今日のドレスが決まらない

寝袋へ地平線から陽が昇る

許す気の言葉に笑顔足しておく

窓開ける音に隣は窓閉める

知った振りせねば峠は越えられぬ

幸せをまとうときつくなる指輪

電子辞書結局古い辞書を見る

アンケート蟻の小言が多すぎる

一票しか持たず誰とでも握手

口紅の色も今日からひとり立ち

姿見に結び直してもらう帯

好きだから今宵限りの人にする

# 楽しかった半券だけが残される

広瀬　ちえみ

［出典］『セレクション柳人14　広瀬ちえみ集』（邑書林、二〇〇五年）

［鑑賞］川柳でどれほどのことが詠めるのだろうと言う人には、この句を黙って示すがよい。だれでも知っていることばで人生をすくいとってしまうのだから。「半券」という単語。なんとなつかしくも物悲しいひびきをするのだろう。辞書の「半券」の項には「物を預かったり、料金を受け取ったりした時の証拠とするために半分切り取って渡す札」（『新明解国語辞典』第六版、三省堂）と記述してある。そうそう、空港で手荷物を預けたときに渡されるキップ、そしてふたりでコンサートを聴きに行ったときの掌の中に少し汗ばんだまま残った紙片。みんなみんな思い出のあるたのしい宝物。それも手元に残っているものは、楽しいものばかり。作者は、誘われると断れず、ついて行ってしまう性格だと、集の「あとがき」で告白している。それで損をすることも多いのだろうが、それもまた思い出作りと割り切ってしまう。「刃物

屋の刃物がみんな立ち上がる」というシビアな句も創作するが、総じて「天国に近いところで昼寝中」のようなユーモアあふれる作品で世の中を明るくしてくれるのである。

［略歴］ひろせ・ちえみ

一九五〇（昭25）年、山形市生まれ。昭62年から川柳をはじめる。所属川柳社「川柳杜人」「バックストローク」「双眸」。句集に『ひ・と・り・遊・び』『現代川柳の精鋭たち 28人集』参加。『セレクション柳人14 広瀬ちえみ集』。第21回川柳Z賞大賞ほか受賞。

［作者からのメッセージ］

ことばたちがショートして、パチパチと火花を散らすときの心地よさと、一句ができたそのあとにくる含羞。私は川柳という形式に出会ってしまった。ことばとの濃密な時間は誰にも渡したくないと思う。食卓で机でお風呂でトイレで、こんなにもちっぽけな空間で書いているのに、見知らぬ場所に立っていたり、見知らぬ自分になっていたりする。ここではない場所へ行きたいといつも願っている。

［作品］

生きるのに邪魔なでっぱりだと思う
晴れた日のこっぱみじんの黄色です
悪魔一家の洗濯物がひるがえる
春雨や明るい魚の骨になる
もうひとり落ちてくるまで穴はたいくつ
花束をあげてしまった後の両手
階段を落ちる　神さま痛いじゃないの
お手洗い借りるこの世の真ん中で
ビニールの木に水をやったら笑ったわ
すーいすいすえおそろしいすえむすめ

オネショしたことなどみんな卵とじ

雑草がつぎつぎ生える下半身

目の縁に夜が密集して生える

一年に一度大きなフンをする

星々の代表人が囲む卓

お祝いの雨を届けに行くところ

景品にだらだら坂をもらいけり

さわらせてもらう桜の筋肉に

こんなふうになって裁縫箱を出す

ごりっぱなもみじにおなりあそばして

# 安売りは出来ぬと思う寒卵

古久保　知子

［出典］三幸川柳教室合同句集『実り』（三幸川柳教室、二〇〇五年）

［鑑賞］「寒卵」は、寒中に産んだ鶏の卵のことで、俳句の冬の季語にもなっている。産卵数が少なく滋養に富んでいることから大切にされる。作者はそこから「安売りは出来ぬ」という発想になったと思われるが、この思いはやはり作者自身の人間的優しさから出て来ているのだろう。作品はいうまでもなく作者の分身である。「句は人なり」というとおり作者の全人格的なものが出て来て当然である。今こそ、ひとパックの卵が、百円玉数個で買えるが、作者が産まれた終戦前後は、卵一個が貴重品であった。自宅の庭先で飼う鶏が毎朝一個ずつ産むのを貯めて病気の方などのお見舞いに贈る。菓子折の空箱に籾殻を詰めて一個ずつ大事に埋めていくのである。

戦後生まれの作者は、そういう話を祖父母から父母へと聞き伝えて育ったに違いない。

そんな作者たちの世代。世に「団塊の世代」というが、その人たちがまもなく定年期を迎える。それからの生き方をどうするか。社会的にも大きな課題であるが、大量生産、大量消費の裏に潜む生命軽視のリスクを背負わないことを祈るのみ。作者も同じ気持ちであろう。

[略歴] ふるくぼ・かずこ

一九四六（昭21）年、和歌山県生まれ。昭61年、三幸川柳教室入会。平4年、第16回全日本川柳大会大会賞受賞。平8年、川柳塔同人。

[作者からのメッセージ]

頑張らない、勉強はしない、その代わり耳も目も大きくと決め、怠け者の哲学を自負している。街の音、街の空気は私の肌を刺すけれど、決して不快なものではない。山肌にしがみつくような過疎の故郷の朝の空気も、老人たちの会話の輪にもいつしか融け込んで癒されている自分も大好き。

川柳と出会って、人間バンザイ、にんげん大好き、どんな環境にあっても楽観主義でいける。柳友の温かさで怠け者哲学を謳歌。

［作品］

かき氷の山から捜す登山口

ポストまで遠い手紙のある鞄

折り紙の対角線は念入りに

靴下の穴に気付いたのは他人

星の降る村に忘れてきた時間

終バスの客の一人は宇宙人

胡蝶蘭きみはポーズを取りすぎる

月明かり今宵は繭になる予感

生きている証切手を貼っている

伏せられた一字はきっと休火山

生麦　生米今日は格別いい調子

種を蒔く話しをせねば始まらぬ

全身の骨を鳴らしている戦

ネジ山が潰れ頑固になってゆく

いざと言う時の輪ゴムが腕にある

梅漬ける塩梅なども書く手帳

風呂敷へ三角四角何もかも

自作自演穴の深さは背の高さ

文庫本一冊ほどの待ち時間

私のレシピに希望という卵

## 空気銃もナイフも児童相談所

本多　洋子

［出典］『点鐘雑唱』二〇〇五年刊（現代川柳・点鐘の会、二〇〇六年）

［鑑賞］「空気銃」とはなつかしい言葉である。いまはエアガンという。圧縮した空気圧で弾丸を発射する。私達のこども時代は自由に持ち出して雀などを撃っていたが、いまは銃砲所持許可証が必要とか、狩猟にはさらに狩猟免許が要るという。これで雀やうずらを撃っているぶんにはいいが、無法にも人間を標的にする不心得者がいるから厄介。

児童相談所は、児童福祉法によって都道府県および指定都市に設置される児童の福祉を実施する機関のこと。近年、児童にかかわる犯罪が多発して来たこともあって脚光を浴びている。まさしく児童危難の時代といってよいのではないか。掲出句は「空気銃もナイフも」と凶器となり得るものを並べているので児童が加害者である場合のように思われよう。だが、実際は身近な親などによる虐待などの事件も少なくなく、その弱い立場から被害者となることが多い。住宅地などに「こども避難の家」という看板がある民家をよく見るが、通学路での安全を確保することが緊急の課題となっている。作者は本来人間の内面を詠むのが得意であるが、こういう社会的題材にチャレンジすることも試みている。

［略歴］ **ほんだ・ようこ**

一九三五（昭10）年、大阪府生まれ。昭55年、川柳塔にて川柳を始める。昭62年、現代川柳点鐘の会創立より会員。平2年より川柳公論に投稿。一九九五年度川柳公論大賞受賞。句集に『本多洋子作品集』『女人埴輪』『紅牙』『遍路』。

［作者からのメッセージ］

川柳にも詩性があって欲しいと思う。同時にアイロニーもなければと考えている。批判精神が自己に向けられた時、心の内面に深く立ち入ることになるし、世情に向けられた時、社会性、時事性のある川柳になる。いずれにしても作者の豊かな感性と豊かな語彙が必要になる。他の文学ジャンルは言うに及ばず、自然から歴史から、音楽から美術から、色々なエキスを自分の中に吸収してこれからの川柳に生かしたいと思っている。

［作品］

砂山は崩れ始める国語の時間

柔らかい言葉で川を堰き止める

早春の山を転がる四分音符

地下水を辿って母に逢いにゆく

河わたる風より蒼きもの抱いて

いもうとのポケットにある砂糖水

本箱を開けると初夏の水たまり

風は七彩　サクラクレヨン十二色

水をきる読植の多い女偏

風と契れば風に身をおく藤の房

業平忌あらあらアヤメあられもなし

一本のマッチで流氷を解かす

水を浴び水に溺れる鳥獣戯画

もみ消した三文オペラから火花

火の匂いよりも烈しく阿修羅の悲

消火器がいる序破急の破

父の背は今も炎天　独鈷杵

蒼穹を見つめる広目天の眉

観自在　鳥葬の骨地を鳴らす

この空の点景となるラストサムライ

# 少しずつ春の音する異人館

前川　千津子

［出典］同人句集『ふあうすと』（ふあうすと川柳社、一九八九年）

［鑑賞］雰囲気のある句である。それはどこから来るのだろうか。やはり「異人館」という場所設定による。「異人館」とは「明治時代に日本に来た西洋人が住んだ、西洋風の家や商館」（『大辞林』第三版、三省堂）と辞書にある。神戸にある風見鶏の館・ラインの館・萌黄の館などが有名であるが、その神戸の地に作者は長年住む。「少しずつ春の音する」というフレーズは、その生活感覚から生まれた。ふだんは静かなたたずまいの異人館が、観光シーズンの訪れとともにおもむろに人の匂いがして来る。

作者は、阪神・淡路大震災の日、神戸市長田区に在り、いま須磨区が住居。神戸を本拠地とする「ふあうすと川柳社」ゆかりの人たちも多く被災し、親友を失う。いまはその日の記憶と重なって感じる春の音である。神戸の街を行き交う異人も西洋ばかりではなく、ターバンが似合いインドカレーの匂う東洋の人が増えて来ている。加齢とともにしのび寄る老いの気配とも立ち向かわねばならない。そう、何もかも「少しずつ」がいいのだろう。

[略歴] **まえかわ・ちづこ**

一九三〇（昭5）年、兵庫県生まれ。ふあうすと川柳社副主幹、兵庫県川柳協会常任理事、神戸川柳協会常任理事、ふあうすと賞受賞。句集『原色』（一九六六年）。

[作者からのメッセージ]

阪神・淡路大震災から十一年になる。この大震災により親友の川柳家が亡くなった。かろうじて救われた私、彼女が居たので私の川柳の今日がある。今も胸が痛む。

川柳を作ってかなりの歳月がすぎている。燃えるでもなく、さめるでもなく、されど離せない魔もの。その魔ものが好きである。

相変らず苦しい作句、天国の親友はきっと叱咤していることと思う。

［作品］

風の音ペンの音して冬がくる

立春に大島を着る女かな

目に見えぬ圧力朝のすずめたち

鉛筆の濃さに緊張感もある

西側は白ばかり咲く薔薇のばか

海の彩あまりに話すこと多し

旅人へ湖容赦なく昏れる

一行の余白珈琲埋めてゆく

紙人形六月の眉なきままに

みどり濃き視野よわたしの余命など

寺守る凄い仁王の目と思う

陽炎よひとりのドラマなどいらぬ

珈琲はございませんか夢遍路

ハンカチは淡き色して喪をつつむ

かえりみる刑あり雨の日曜日

生きのびてバンドネオンの悲しき音

いちにちを萩の白さと弟と

勧進帳秋を濃くする街にする

煌めいて海は王者と言ううねり

これくらいならば好日かもしれず

# 長椅子を正しい位置に置きかえる　前田　ひろえ

［出典］『前田ひろえ30句集』（私家版、二〇〇六年）

［鑑賞］「長椅子」とは何だろう。知っているようで案外正確には知らない。そこで辞書の登場となる。「数人が座れるように、横に長く作った椅子。ベンチやソファーなど」（『大辞林』第二版、三省堂）である。

同じ長椅子でも「ベンチ」は公園やバス停などに置かれる簡易なもの。「ソファー」は座るとゆったりした気分になるクッション付きのもの、主にオフィスや家庭の接客用に使われる。このように読んでいくと句の中にはいろんな場面展開があることがわかるであろう。

川柳は、いまや読みの時代に入ったという。「読みの時代とは、句会や大会での抜けた抜けないの価値観を超えて、作者が何を考えてその句を書いたのかを読む時代、言い換えれば、作者の方法を読む時代の謂であろう」（「双眸」21号、歌人、荻原裕幸）と、ジャンルの異なる目で見た的確な指摘である。

さて、掲出句にはもう一つの目玉がある。「正しい位置に」の読みである。作者にとっての「正しい位置」なら主観。一方、バス停のベンチなどを定位置に戻すなら客観となる。ここは主観で「長椅子」を国会議事堂の連なる議席と見よう。俄然、国民投票法案が脚光を浴びる。

［略歴］まえだ・ひろえ

一九四四（昭19）年、岡山県生まれ。昭56年、玉野川柳社会員。平15年、バックストローク同人。

［作者からのメッセージ］

土いじりが好きで、野菜、花など植えて楽しんでいる。これらは自然に近い状態で育ててやるのがベスト。化学肥料を使うと即効性があり早く大きくなるが固くなる。農薬を使わず、山で掻き集めた枯れ葉や動物の糞の類で育てると、柔らかく野菜本来の甘味が強くなる。

私にとっての自然体でいられる状態を模索しながらの毎日。私がわたしらしく、このおばさんがおばさんらしくおれる為に。

[作品]

躓いたところにふるさとを置いてくる

いつも半日遅れて帰ってくる耳

戦いに行く帽子のつばを広くして

本棚の奥に拡がるいろは坂

コロコロと死体転がる万華鏡

かつおぶし上手に削れてから朝日

コンビニの明るさはやさしさだと思う

勇気下さい今　背をすこし押して

秘密を漏らすまいとブランコ揺れている

辻褄を合わすと鳴りだす古時計

コーヒー館の隅でたたむ今日の老い

真っすぐに伸びていいのか迷っている

振り向きざまに夢の続きを渡される

途中下車夕陽の欠片が手に残る

鶴を折っては毀していく遊び

容疑者に大切なもの預けている

叩き売りしても残ってしまう家系

ねばねばの心臓音を献上す

泡立ち草まさかを抱いたまま枯れる

靴紐をほどくと枯れてしまう森

## 冬立ちぬ熟年離婚セレブ婚

前田　芙巳代

［出典］「双眸」十九号（川柳双眸社、二〇〇六年）

［鑑賞］この句をどう読むかは、読み手にとっても力量を問われそうである。「冬立つ」は「立冬」のこと。陽暦十一月七日〜九日ごろ。まわりは秋でありながら、冬の先触れと、どの歳時記にも記されている。作者は、その季語を踏まえて果敢に新しい題材に挑戦したものと感じる。秋は結婚シーズンで有名無名を問わず華燭の宴が営まれる。当事者でなくとも愛を実らせた二人には、祝福のことばを贈ることだろう。ただ、それが「うたかた」とならぬことを祈りながら。

「熟年離婚」「セレブ婚」は、近年の社会的風潮を象徴的にとらえたものに違いない。渡哲也・松坂慶子主演のドラマが放映されて話題となったように、現代は結婚という制度に対しての向き合いかたが変化して来ている。ひと口で言えば人の一生を縛りつけるものではない。一種の契約の考え方である。

「セレブ婚」は、逆に自分の努力以外のところで富とか名声を手にしようということだろう。これも時代の流れなのかと作者は思っていよう。俳人の角川春樹氏は「魂の一行詩」を提唱している。では、川柳は何をどう詠むべきか。作者の勇気ある一句である。

［略歴］ **まえだ・ふみよ**

一九二七（昭2）年、姫路市生まれ。せんば川柳社、一枚の会を経て、現在、グループ明暗に創立同人として参加。平8年、第二回斉藤大雄川柳賞受賞。句集に『しずく花』『日ぐれ坂』。

［作者からのメッセージ］

私にとってのこの十年は、自分が今一番大切に思っていること、長く生きて来た人生を見つめてゆくことだと思ってきました。
これは平成六年に出版した「日ぐれ坂」に書いて来た言葉です。
そしてそれからの十年も先に述べた思いと少しも変わらず、なにげなく踏みこんでしまった川柳に、のめりこんだり、つき放したり、悔いのない人生でありたいし、締め切り日を必死に追いかけていることでしょう。

[作品]

無駄なことだが毎日研ぐナイフ

首を洗ってわずかばかりの過去を消す

本当の孤独は爪を切ってから

うしろ姿のよく似た　枯野

たましいがひどく汚れて三日経つ

悪になるまであたためている小石

合掌でひとりふたりは殺せそう

手品師に消されてしまった　父

壷があって乳房があって首がある

手を振って死ぬか笑ってごまかすか

人形を捨てるか言葉を教えるか

アジサイの首のあたりの踏切番

影に降る雨　手帖が乾かない

パンをちぎる指にんげんを弾く指

姉の部屋姉が居なくて一つの乱

にんげんを従えている野の一樹

一盛りのりんごに届く渡し船

野は荒れて母から赦す姉から赦す

狂いなかばの姉が黙って座る椅子

そして残り時間をきれいに洗えるか

# 母校から消えた私の水呑み場

政岡　日枝子

［出典］第13回NHK学園全国大会作品（NHK学園、一九九九年）

［鑑賞］平成の大合併で、小さな村も大きな町もどんどん名前が変わって行く。当然ながらその村や町の小学校、中学校さらには高校までもが新しい呼び名に変わる。卒業アルバムに記された母校が消去されたのである。時代の流れとは言え作者が淋しい気持ちになっているに違いない。学校であるから教室が一番長くいたのだろうが、なぜか脳裡に浮かぶのは、運動場の片隅にあった水呑み場なのである。体操の時間で苦手だった鉄棒。放課後もひとりで日の暮れるまで逆上がりを練習したがどうしてもできない。友達が見兼ねてある日ちょっと手伝ってくれたら何とできたのである。その調子との声に勇気が出てとうとう一人でもできるようになった。その日水呑み場で蛇口に口をつけてゴクゴク飲んだ水のうまかったこと。こういう思い出がだれにもあるのではないか。ひとつの句から拡がって行く数々の場面。こういう句が多くの

人の共感を呼ぶのであろう。文芸の創作というものは、この水呑み場の蛇口からポトポトと落ちる水滴のようなものではなかろうか。初心時代の原点のような素直な気持ち。そこから読む人の心に沁みる作品が生まれるのだろう。

[略歴] **まさおか・ひえこ**

一九三六（昭11）年、鳥取県生まれ。川柳塔社理事。鳥取県川柳作家協会理事。川柳塔きゃらぼく代表。公民館川柳教室代表。

[作者からのメッセージ]

私の句は攻めの句であり、その強い句姿が気になる等と云われたことがあった。しかし自己評価では、攻めどころか足下に気を配り、川柳の心に近づこうと、真摯に実生活を生きているのに何故と思ったものである。公民館活動の川柳と係わるようになり、初心者の方々と触れ合うことによって、再び原点に立ち戻ることが出来、またソフトな面の句も作るようになり、地域の人々との交流の効果でもあろうかと、密かに思うこのごろである。

［作品］

燭守りながら飛天も燭になる

赦しても許せなくても夕焼ける

欲ばってみても一日分の塩

私より少うし軽い桃の命よ

同じ根で風の乱などおこさない

好きな人と同じ時計の中で寝る

母乳呑むまるで太鼓を打つように

太陽と向き合う赤よトマトの旬

人の手を離れ風船らしく飛ぶ

満月の声を聞こうと寄っていく

ことばの中にいつも仏といるあなた
風紋は砂の哀しみから生まれ
輝いていた母だろういい皺だ
人間が来て静かさを破っていく
蝶ひらり人間からは離れよう
花の種蒔いて身辺気をつける
春の野で気力を少し遊ばせる
ゆるやかにつなぐ後半の坂道
老人にうれしいバスが走ってる
老いた桜がこんなに花を咲かせてる

# 工房に残る蛍の息づかい

松田　ていこ

［出典］「新思潮」第75号（作家集『新思潮』、二〇〇五年）

［鑑賞］工房とは、美術家や工芸家の仕事場。アトリエと言った方が感じはでるだろう。では私たち文芸にたずさわる者の仕事場は書斎であろうか。大作家のように、書斎にこもって書くような原稿依頼が来るはずもなく、キッチンの片隅のテーブルや子どもの勉強机の片隅を借りてペンを走らせることが多い。それでも創作に集中している時は、蛍のように背中が光っているのであろう。

ある時は、中原中也になりすまして詩のかけらのようなものを書き散らし、またある時はコラムニストになって理不尽な出来事が続くこの世を叱りつける。田辺聖子さんのような変幻自在の文章を書くことは難しいが、それでも瞬時を惜しんで没頭する。出来上がった原稿の一束は、まさしく一匹の蛍。

祈りを込めて闇の夜に放つが、飛ばない蛍も、光らない蛍もある。工房の中は、その残骸が散らばっていて「死して屍（しかばね）拾うものなし」である。窯元で修行する陶工たちも作っては壊し、作っては壊しの繰り返しなのであろうか。救いは身のうちに飼っている蛍。この「蛍の息づかい」だけは聞こえる。かすかながらも。

［略歴］**まつだ・ていこ**
一九四五（昭20）年、新潟県生まれ。昭62年から川柳を始める。現在、十日町川柳研究社同人。現代川柳「新思潮」正会員。平10・11・12・15・16年度十日町川柳研究社最優秀作家賞受賞ほか。合同句集『雪の炎』参加。

［作者からのメッセージ］
日々の忙しさの中へ永遠に埋没してしまいそうな焦燥感。わき目もふらず一途に邁進して生きる事を美しいと思わないわけでは無いけれど、果たしてこれで良いのだろうか。ふと足を止め心の奥を探りたくなる事がある。
様々に湧きあがる想いを、川柳という短詩にのせ、ほろほろと解放してゆく事で心の平安は保たれているようだ。時に書く事は苦しみを伴うことでもあるが、多くは自らの内面への労りの作業である。

[作品]

花陰の母もかげろう吾もかげろう

母や娘や一期一会の花筵

点々と蒼い雫を辿りゆく

桜(はな)の下で泣いて居るのはわたしの子

分け入れば母は尾花を摘みたもう

現し世の寂しき音をひろうなり

蒼々と祈りの刻を水蛍

一面のれんげ畑に抱きとられ

マッチ売りの少女と雪を売りあるく

ほおずきの赫い孤独を手のひらに

ほたる追う闇の深さに掬われても

悪女かも知れぬ林檎を剥いている

やわらかき面の下の鬼祭り

輪をくぐる一瞬けものの形して

黙々と従いて来たのか曼珠沙華

四面楚歌わたしひとりの花蒔いて

どくだみの匂いが好きな独りっこ

静謐をかこう薄紅より淡く

森深く谺は澄んで契るなり

雪匂う此の一本の帯たたむ

## 斃してもすぐ立ち上がるコーラ壜　　松永　千秋

［出典］「バックストローク」第13号（バックストローク、二〇〇六年）

［鑑賞］起き上がり小法師（こぼし）をスリムにした形の「コーラ壜」。独特の形と雰囲気で印象づける。グローバル企業の先兵であったコーラ。世界各地に看板があり、テレビカメラが野球やサッカーの試合を映す時にも目の中に飛び込んで来る。「革命とはじめてコーラ飲んだ日は」橘高薫風。時代の空気をすくい取った秀句（『三省堂現代川柳鑑賞事典』三省堂）を記憶している読者は多いことだろう。

味覚だけでなくこの容器のかたちも私たち日本人には異文化であった。戦後、進駐軍が来てチューインガムとコーラが広まる。

特にコーラはこれまで日本人が味わったサイダーやジュース類とも違う風味。熱帯アフリカに分布するコーラノキの種とコカの葉を原料とする清涼飲料水。カフェインを多分に含むという。作者はその瓶（壜）の形に注目。日本古来の「起き上がり小法師」になぞらえたのである。

倒（斃）しても倒しても起き上がってくる不屈のボクサーのように自分もなれたらという思いがあるのかも知れない。

高齢化社会では、自分の老後とともに家族の介護がある。「老老介護」の日々には「コーラ壜」のたくましさが欲しい。

[略歴] まつなが・ちあき

一九四九（昭24）年、福岡県生まれ。川柳人間座座員。番傘川柳本社・久留米番傘川柳会・バックストローク同人。『現代川柳の精鋭たち』28人集参加。セレクション柳人18『松永千秋集』。

[作者からのメッセージ]

昭和三、四十年代、自分は何をしたいか、何になりたいか、とか今ほど声高に叫ばれることはなかった。

入門時、先輩に千秋の名をつけて貰ってから三十余年、ここへ来てようやく千秋の名前が活きて来たような気がしている。

遅ればせながら川柳を通して、自分と向き合い、自分に問いかけることが多くなった。

［作品］さくらさくらこの世は眠いところです

一斉に舌出しをする夜の桜

片腕をぐっと差し込む桜闇

転生や千年後の蟬しぐれ

差し上げる前にかたまりをほぐす

ひとくくり生まれたことと死ぬことと

ご自由にどうぞ明るい落とし穴

お母さん漬物石は捨てました

いそいそと籠に帰ってゆく小鳥

どうにでもして空っぽの箱だから

どろどろしたものが詰まっている納戸

おついでにと手渡しされた神仏

戸袋の中の百年続く闇

八月の空アイロン掛けを繰り返す

消印はぼんやりとあり戦後かな

落ちそうな空をゆっくり塗り潰す

かさ蓋を剥がすと美しい運河

長過ぎる包帯垂らし通過中

夕暮れのやわらかなもの蹴飛ばして

側にあるころは要らないものだった

# 目が合うと笑ってしまう弱い葦

松村　華菜

［出典］『松村華菜30句集』（私家版、二〇〇六年）

［鑑賞］「葦」は「水辺に生える、ススキに似た多年草。茎は編んですだれを作る。イネ科」（『新明解国語辞典』第六版、三省堂）と辞書にある。一本一本はそれこそ「風にそよぐ葦」であるが、群生して、それを「一むら」と呼ぶ。何か示唆に富む表現である。

だから、しばしば人間に喩えられる。パスカルの遺稿集『パンセ』には、「人間は自然のうちで最も弱い葦の一葉にすぎない。だが、それは考える葦である」とあり、掲出句の「弱い葦」もそこから来ているのであろう。作者の言うとおり、確かに人間は権力者には弱い存在であろうし、「目が合うと」とつい愛想笑いをしてしまうという現実がある。だが、そこはパスカルの言う「考える葦」なのであって、本音のところでは決して屈しないのである。「笑ってしまう」は屈折した表現で、作者としてそのまま引き下がろうとは思っていないに違いない。

身近に引き寄せて心理の深層を衝いている。

同じ集の中の句に「りんごが沁みるすこしいい子になりすぎた」があり、これも人の思考の矛盾を詠んだ佳い句である。これからも心のひだを詠み続けることだろう。

[略歴] まつむら・かな

一九三六（昭11）年、熊本県生まれ。平2年川柳を知る。平3年川柳噴煙入会。大牟田番傘入会。平13年、川柳噴煙幹事同人。川柳人間座座員。川柳くろがね会員。平14・15年度、川柳くろがね優秀賞。平17年度、ふんえん賞一席。

[作者からのメッセージ]

平成の年を迎えて間もなく、私の人生を大きく変える、辛い、悲しい出来事が起きた。

虚しさと淋しさの中で、もがき、苦しみ、荒れていく私を、静かに包み、温かく受け止めてくれたのは川柳だった。そして川柳が私を癒してくれる一番の親友になった。いろんな貌を持った自分を見つめ、心の底から湧いてくる声に耳を傾け、そんな危うい自分をも曝しながら、川柳を愛し、味わい、深く自分を見つめ続ける句を詠んでいきたいと思う。

[作品]

生きたいと燃えつきたいと火種吹く

書きなぐる詩は悲しい独り言

ぶらぶらのボタンわたしの現在地

淋しさに克つジョギング紐きりり

働くだけの指では淋し水こぼす

子が巣立ち二階に朝の音がない

谷底も赤いマグマを抱いている

アイラインを消せば気弱なおんなの日

イヤリングあんなに泣いた日を忘れ

いま一度燃えねば灰になりきれぬ

冬木立わたしも芯は枯れてない

走らねばならぬならぬと貨車が行く

りんごが沁みるすこしいい子になりすぎた

ジェラシーの鋏悲しい程切れる

頭陀袋この世は重いものですね

積み上げた愚かな石に裁かれる

南天の赤さ誓いは破るまい

もう一度わたしを賭ける滑走路

生涯に喝采すこしあればよい

ひまわりの彩で独りを咲ききろう

# 似たような過去で小鳥を飼っている

松本　文子

［出典］『点鐘雑唱』二〇〇五年刊（現代川柳・点鐘の会、二〇〇六年）

［鑑賞］これは一篇のドラマ。小鳥を飼うというのは、いまのペットブームよりずっと以前からのようである。時代小説や時代劇でもしばしばそういうシーンがある。生き物であるから毎日の小鳥の世話は大変だが、それ以上に癒されるものがあるのだろう。小鳥もいろいろ。人慣れしやすい文鳥、容姿端麗で雄の鳴き声が美しいカナリア、物真似上手のインコなど、人それぞれの好みで飼われる。

大空を自由に飛びたい鳥たちにとって狭い籠の中に閉じ込められるのは不本意なことであろう。それでも毎日接触する中で飼い主とのコミュニケーションも生まれる。餌を与える時、水を飲ませる時、鳥籠の掃除をする時、小鳥との会話が成立する。

小鳥と話しが出来る不思議な能力。それだけの共通項があれば飼い主同士は仲良しになるだろう。他人には決して漏らすまいと思っていた自分のむかし話もポロリと出よう。

「似たような過去」の個人情報も知ってしまったいま、もう一度自分のこれからを見直すいいチャンスかも知れない。そんなデリケートな心の動きが見える作品である。

［略歴］ **まつもと・ふみこ**

一九三六（昭11）年、新潟県生まれ。昭34年頃、新聞で川柳を知る。昭42年、短歌、詩を辞め川柳一本に。いずも川柳会入会。川柳塔同人。朝日新聞しまね柳壇選者。句集『渡り鳥』。

［作者からのメッセージ］

昭三十四年、慈しみ育ててくれた故郷を捨て島根に来た。封建制の染み付いた地に無一文の私達は、世間の眼に晒されて生きた。

そして思わぬ夫の死…。その頃の私は生きながら死に、死にながら生きていたと思う。昭和六十一年、句集『渡り鳥』を出版した。あれから二十年、今では全国各地の句会に出ることも稀になりひっそりと生きていたい。

ずっと心の中で飼ってきた小鳥は私の胸中の深い所でまだ生きている。

[作品]

哀しいものの上に何かを置きたがる
皆愛した筈だがみんな出て行った
私の位置　幸せの少し横
これが愛これが哀しみ花開く
左手の劣等感に置く指輪
燃える火も消える火も見て生きている
花を育てる骨壺を抱いた掌で
何処にでも扉があってよくぶつかる
首括られても玉葱は発芽する
もがいているのか　いいえ舞っているのです

たくさん持っているけど希望だけがない

狂いそうだからぶらぶらしています

すらすらと嘘が言えずにほっとする

さやさやと何かが通りすぎた夏

私が壊れるまでの距離思う

遠くへ行こうこんな地球に飽きたから

男の匂いもう忘れたよ柘榴割る

コップ持つ指紋取られたかも知れぬ

煙のようだが大したことはなさそうだ

カラス鳴くベートーベンに程遠く

# 引退の馬飾られて草の上

峯　裕見子

［出典］『第23回川柳Ｚ賞入選作品集』（川柳Ｚ賞選考委員会、二〇〇五年）

［鑑賞］掲出句は、第23回川柳Ｚ賞の奨励賞である風炎賞（第13回）受賞三〇句の中の作品。「母は元気で芋のごろごろするカレー」など日常の何気ない情景にスポットを当てた軽妙な作風で読者をひきつける。

二〇〇五年一〇月二三日は記念すべき日となった。京都競馬場で第66回菊花賞レースが行われ、ディープインパクトが、皐月賞、日本ダービーに続く勝利で史上二頭目の無敗三冠馬となる。一九八四年のシンボリルドルフ以来21年ぶりの快挙。騎乗したのは武豊騎手。栄冠は卓越した馬の速さと騎手の技量がかみ合った結果と言える。だが、作者がイメージした馬は、このような華やかなサラブレッドではないのだろう。走っても走っても負け続けるハルウララのような地方競馬の馬ではないか。役目を終えていまは広い草原でおいしい空気を吸う。作者はさらにその姿を会社人間で定年を迎えた人々に重ねて見ているのではないか。日本の戦後を支え続けた団塊の世代ももうすぐ定年。これからの人生こそ「本当のあなたですよ。」と呼びかけているようだ。

［略歴］みね・ゆみこ

一九五一年（昭26）年、京都府生まれ。昭62年頃より作句。番傘・びわこ番傘同人。川柳大学会員。京都・滋賀で川柳講座を担当。大津市在住。共著『おじさんは文学通・川柳編』。

［作者からのメッセージ］

二十年前、サラリーマン川柳や時事川柳とは色あいのちがう川柳に触れたとき、こんなに小さくてこんなに自由な文芸があるのかと目が開いたように思い、川柳を書くようになりました。そして今、つくづくと人間には無駄な経験というものはないと感じます。つらい思いをした人の書くものが、がぜん光を放ったり、自身の現実の暮らしの中から生まれた一句が新しいエネルギーを得て、私を人として立たせていると感じたりすることがあるからです。

［作品］

春の電話父の次には母が出て

この街で風に裏返されている

うどん屋の少し遅れている時計

ひとりと思うカーブで少し揺れたとき

大阪のバケツの中に雨が降る

そうさなあ手向けてもらうならあざみ

マスカラを謎だ謎だと塗りつける

泳ぎ着く船を焼く火を目じるしに

夕顔の種だと言って握らせる

高櫓（たかやぐら）あなたのためにだけ唄う

きくらげを水に　ことばよ出ておいで

もうすぐの人と見上げる藤の房

落ちそうな橋は歌って渡り切る

桃缶を開けて許していただこう

母はまだシミーズと呼ぶ春の風

しっかりと長さを見せて蛇通る

立っているだけでやっとの人笑う

箸箱の蓋の開け閉めはるばると

ありがとさよなら少し残っている紅茶

満満と水そうでしたそうでした

# もう少し生きたい豆腐ハンバーグ

宮村　典子

［出典］宮村典子川柳句集『夢』（新葉館出版、二〇〇六年）

［鑑賞］最新句集の華やいだ句が並んでいる中では地味な句である。でもたどり着いたのは現実的な「生きる」という本質を問った句。何よりも「豆腐ハンバーグ」という具体的な食品名で象徴的に表現する。危険なクラブ選択ではあろうが、サプリ食品がたくさんあふれている中では最適である。

元気印と思われていた彼女が突然病に倒れた。「人生何が起きるかわからないものです」と「あとがき」で語っているとおり、生身の人間には一寸先は闇である。そういう試練に出会ったからこそこの句が生まれたと言えよう。彼女の句の持ち味は、「みんなどいて若葉マークが走ります」という集の中の句のようにみんなを元気づけるもの。でも、長い人生では、いろんな困難なことに遭遇する。

家族をかかえているからである。「長い長い戦いでした姑を抱く」というシリアスな場面もある。日本の女性は多く介護、それも婚家・実家の両親の看取りを背負う。だが彼女は夢を失わない。句集のトリの「さくらさくら夢を歩いています　まだ」が光る。

[略歴]　みやむら・のりこ

一九四七（昭22）年、三重県生まれ。平2年、亀山川柳会入会。平5年、三重番傘川柳会入会。平12年、番傘川柳本社同人。第4回オール川柳大賞、三重県文学新人賞受賞。現在「せんりゅうくらぶ翔」代表。

[作者からのメッセージ]

「いつ出会っても機嫌がいいね」と言われる。
母が五十二歳、父は六十五歳で死んだ。
以来、毎日を機嫌良く生きることが亡父母への親孝行だと思っている。
実際、泣いても笑っても一日は一日。一生も同じ。
だとしたら、笑っている方がいい。
少しぐらい哀しくても、笑っている方がいい。
川柳はそんな日々の、ホントの心を写す鏡。
いつか、私に逢えるまでこの道を……。

[作品]

いつか来た道で昔を待っている

許されるまで人間という刑に

嘘がつけないので亀は亀のまま

はらはらとひらひらと降る花の罪

見えないものが見える命の隙間から

診療内科に通うG線上のアリア

身に覚えがいっぱいあって花曇り

蓮根のキンピラ薄い緑でした

さまざまな愛されかたをしてひとり

サボテンの刺　寂しいよさびしいよ

躁鬱の波乗り　にんげんの海で
落としても割れない鏡持っている
ひと晩で乾く機嫌のいい涙
たましいを鳴らして人は愛しあう
美しい夜です神様が見える
いのちの坂をいっしょに降りてゆくニトロ
しあわせも不幸も冬の滑り台
指狐　哀しいことは忘れよう
しあわせな花は黙って咲いている
この道を行けばわたしに逢えるかも

## 熟れてゆく麦も女も手におえぬ

宮本　美致代

［出典］合同句集『銀杏並木』（熊本県川柳協会、二〇〇四年）

［鑑賞］「男あんど女」というタイトルのついた十句の中の一句。まさしくこの世には男性と女性とが存在し日々愛憎の葛藤を繰り返している。女性にとって男性は不可解な動物らしいが、男性にとっても女性は、モナリザの微笑を含めて永遠の謎なのだろう。この句は、女性作家から女性の本質に切り込んだもので、それだけに切っ先は鋭いと言える。「麦の秋」と言われる麦と対比させたところなど意表を衝いていておもしろい。

「麦の秋」は「麦秋（ばくしゅう）」とも言われ俳句の季語。「夏五月。他の穀物が秋に黄熟するのに対し、麦は初夏黄色に熟するのでこの季節を麦秋（むぎあき）と呼ぶ」（『大活字三省堂ホトトギス俳句季題便覧』稲畑汀子編、三省堂）この麦の熟れた香りは人の体臭にも似ていてそこに作者が着目したのかも知れない。「麦秋や子を負いながら鰯売　小林一茶」「麦秋や乳子に噛まれし乳の創（きず）　橋本多佳子」麦秋を詠んだ俳句もどこか人間臭く川柳の芝生に近い。ところで結句の「手におえぬ」がまた痛烈。女性の立場から詠む女性心理がこの作家の技の見せどころであろう。

[略歴]　**みやもと・みちよ**
一九二四（大13）年、東京都生まれ。昭62年から川柳をはじめる。川柳噴煙吟社幹事同人。熊本県川柳協会副会長。平8年、第8回新子座準賞受賞ほか。

[作者からのメッセージ]
「人間」生の終わるまで男は男、女は女です。男と女のいる限り人生の喜怒哀楽は永劫に続くはずです。句材にもこと欠くことがありません。川柳をはじめて一番興味ぶかく手近に詠めるのは「男あんど女」だと思っています。
時には危ぶまれる様な句もありますが、大正女のベールをかなぐり捨てることも気持ちいいものです。女から男を見る目、男から女を見る目、百人百様があって永遠の謎だと思っています。
麦うるる頃のあの何とも云えない気だるさが好きで、麦畑の匂いを嗅ぎにさまよった記憶が甦ってきます。

[作品]

秋しぐれ酔うほどに過去さばかれる

山のあけび熟れて時刻となるはなし

秋蝶がすいと話の腰折りぬ

秋暑かな町に本屋の姿消す

おおかたは自由空間赤とんぼ

秋日和障子の桟にたまる嘘

しぐれ来て雨の匂いで着く手紙

おんなにもいくさがあって開く傘

季語のない街で視力がおとろえる

赤とんぼいるから味のある景色

帰ること忘れてします夜のしぐれ

爪を噛むうら目ばかりの小糠雨

ここで終れば萩も桔梗も可哀そう

枯菊の未だしたたかな菊でいる

萩の記憶鮮やかにして食い違う

こわれた人形こわれた人に拾われる

秋ふかし読み返してる周五郎

屋根を屋根声かけ合って菊日和

鎖樋屋根の多情が雫する

紅葉燃ゆ放射線科の白い壁

# 雨が止んだら礼拝堂に行くつもり

宮本　めぐみ

［出典］句集『こぼれ萩』（私家版、一九九七年）

［鑑賞］掲出句を収めた句集のタイトル『こぼれ萩』は、秋の季語であるが、これは俳句集ではない。作者が生き抜いて来た青春、朱夏、白秋を経て玄冬へとかかる人生を詠んだ川柳集である。俳句にも「萩咲いて家賃五円の家に住む」正岡子規のようなきわめて川柳の芝生と重なるものもあるが主として自然を詠む。

「雨が止んだら」は、朝丘雪路の歌のタイトルでもあるが、人生のいろんな場面が展開するプロローグである。

作者は、そこから「礼拝堂に行くつもり」と言い切っている。「礼拝」は「れいはい」と読むか「らいはい」と読むかで宗教が分かれる。「礼拝堂（れいはいどう）―キリスト教で、礼拝をするために設けられた堂。チャペル。礼拝堂（らいはいどう）―寺院で、本堂の前にあって本尊を礼拝するための堂」（『大辞林』第二版、三省堂）と辞書にある。

作者がどの宗教を信じようと自由であるし、心の安らぎの場所であることには変わりない。「行くつもり」の結句が、いかにも人間っぽい。「つもり」はあっても行けない事情の時もあるし、変幻自在なのであろう。一句から広がる世界は無限大である。

［略歴］みやもと・めぐみ
一九三三（昭8）年、宮城県仙台市生まれ。昭54年頃より作句し始め、昭56年、大島洋主宰「海の会」入会。本格的に取り組む。現在、「杜人」同人。「双眸」幹事。昭58年度宮城野賞、第14回川上三太郎準賞、第20回白石朝太郎賞、第11・12回五十嵐さか江準賞等受賞。句集に『花蓆』『こぼれ萩』。

［作者からのメッセージ］
私の亡母は、敬虔なクリスチャンであった。いろいろな面で亡母を尊敬しながらも、クリスチャンにはなれぬまま現在に至っている。私はある不幸に見舞われた時、偶然に〝ラジオ川柳〟を聞き、一筋の光を見る思いがした。
人生晴れの日もあれば、雨の日もあるが、これからも私の視聴覚から吸収したものを自分なりに詠い続けたいと思う。

[作品]

何の前触れわたしの胸でする羽音

芽吹くものありハンカチに包む

闇へ闇へと胸の蛍をつき放す

素手で受けた傷しくしくと夜半に病む

ノンフィクションの長いながい霧笛

そして火は哀しみの絵を掌に残す

夕昏れになると聞える七鈴の鈴

観覧車要らぬものまで見てしまう

叩き牛蒡　ははの領域嫁の領域

木の芽どきははが打楽器を叩く

風止んでハサミ静かにしまわれる

たましいが透き通るまで手をかざす

なにごともなかったように落葉焚く

巴里祭が流れつづける秋の耳

ほろほろと昭和の櫛が欠けてくる

落果累々　やがてかれらもわたくしも

冬蝶のやわやわ羽を広げたり

舫い舟　別離が近いかも知れぬ

木漏れ日の中で散り際など思う

仮の世の雨降る日花散る日

## 十二月両手に残るものは何

森中　恵美子

［出典］「番傘」二〇〇五年十二月号（番傘川柳本社、二〇〇五年）

［鑑賞］「生きとし生けるもの」この地球上に存在する生物のいのちは、すべて限られたものである。知的生物を自負するヒト科もその例外ではない。掲出句は、その有限であるいのち、その持ち時間を真正面に見据えて詠んでゆるがない。十二月は一年の最後の月。毎年その月に誕生日を迎えて来た作者である。

「マヨネーズをしぼる誕生日を迎え」「生きてゆく独りのスーパーが近い」「偲ぶ日も乾杯の日も過去になる」同じ集の中にある作品群のどれもが作者の人生観を凝縮している。

わかりやすいことばで詠むのが作者の信条。そのとおりを歩んで来た創作人生である。マヨネーズをしぼり切るように生きて、十二月にたどりつく。振り返って見てどれだけのものが両手に残ったであろうか。生まれて来た時はひとり、そして現世を去る時もひとり。それでいいではないかという諦観が底流にあるのだろう。その開き直ったしたたかさが人を惹きつける句柄となっている。「寒くなれば寒くなったとはがき主義」集の中にあるもう一句。人生も川柳もシンプルが一番良い。

[略歴]　**もりなか・えみこ**

一九三〇（昭5）年、神戸市生まれ。昭26年、川柳創作に入る。昭31年、番傘川柳本社同人。昭51年、NHKラジオ川柳選者ほか講座多数。熊日読者文芸川柳選者。第15回三條東洋樹賞。『仁王の口』日本現代詩歌文学館館長賞。句集に『水たまり』『水たまり今昔』『仁王の口』。

[作者からのメッセージ]

「私」というものが近頃、ちいさくなってしまって行動範囲もせまくなった。加齢という事実は動かせないが淋しいことである。

時の流れの早さに目標も沈みがちだ。人間とあいまいに生きているように思われてならぬ。人間をいま一度、摑みなおしてみたい。一日を明日へとつなぐ笑いのエキスと共に。

歳月をふり返ると橋も人も動く。生きて大の月、小の月を数えながら、ちいさな劇場の主役であり脇役をくり返しているばかりだ。

［作品］

歳月をふり返るとき橋動く

偲ぶひとあり大の月小の月

友だちの名前を拝む日がつづく

くやしさを忘れていない眉の位置

北の旅北の大きな波が待つ

冷静か郵便局にあるポスト

生きているから人間のガスを抜く

安心の値段でしょうか乗車券

くれぐれも御大切にと発車ドア

わたくしの顔を占めてる資生堂

なまぐさい女が女かばうとき

吉本の笑いをひらがなで笑う

食欲をよろこんでいるシクラメン

折たたむ傘に似てくる手も足も

加減するようにこぼれる萩の白

仏さまの花を値切ったことはない

大根に助けてもらうだいこだき

皿小鉢ご先祖さまを忘れない

誕生日ローソクの灯も限界だ

加齢など想定外にしておこう

空を超えた足どりとなる。
かのモーゼの『十戒』のように海がパッと開かれないだろうかとふたりは思う。一句から広がる世界が無数にある恋は楽しくて切ない。

［略歴］やすみ・りえ
一九七二（昭47）年、神戸市出身。テレビ・ラジオ・新聞・雑誌等の川柳コーナー選者を多数担当。朝日カルチャーセンター講師、文化庁国語課「言葉について考えるワークショップ」では全国の子供達に句を詠む楽しさを伝える活動も。句集に『平凡な兎』（JDC）『ハッピーエンドにされてくれない神様ね』（新葉館出版）、『やすみりえのトキメキ川柳』（浪速社）。

［作者からのメッセージ］
恋する気持ちを詠み続ける毎日。われながらよく飽きないものだと驚いている。心の底から湧きあがるトキメキにさまざまな色を塗りつつ、これからも私らしさいっぱいの句を詠み続けようと強く思う。恋はいつでも、切なくもきらきら輝く水辺へと私をいざなってくれる。

[作品]

あなたから一番遠い場所で泣く
軽い嘘ふわりと乗ってあげましょう
盗むのがいいの桜も人の目も
幾つもの切り取り線のあるハート
馴れ合いにならないようにオムライス
憂鬱のボディソープを詰め替えて
転び方すこうし上手くなりました
ちょっとしたことで　白紫陽花のばか
信号が変われば消える私かも
治癒力があるから恋をしています

しあわせになりたいカラダ透き通る

つまさきのあたたかい恋しています

抱きしめた風はあなたの温度です

意地悪をされたことなどない苺

満月に恋のうさぎを産みました

鮮やかな涙で奪いとれるもの

いつまでも弱い私へ唐辛子

もう少し食べたいところで終える恋

からっぽの私を包むバスタオル

信じてはいけない舌の厚みでしょ

# 夕焼けに一番近いクレーン車

山口　早苗

［出典］「双眸」19号（川柳双眸社、二〇〇六年）

［鑑賞］シンプルイズベスト。短詩型文学はいうまでもなく簡潔に思いを表現する。あれもこれと詰め込みたい気持ちはぐっと抑えて余計なものは切り捨ててしまう。この思い切りが出来るかどうか創作のポイントだろう。掲出句は、そういう意味で省略が出来た適例であろう。

「夕焼け」という自然現象に対して、無機質で不恰好な物体の「クレーン車」。だれもが不似合いと思う二物をぶっつけて思いを表現している。しかも、なぜ、どうしてを一切省略して「一番近い」と直感で結ぶ。

この見事な簡潔性こそがこの句を印象深いものにしている。情景としては、フランスの画家ミレーの「落穂拾い」「晩鐘」。あるいは谷内六郎が描く子どもの風景などを連想する人が多いのではなかろうか。ところでクレーン車は、起重機とも言う。重い物を天高く吊り上げる力持ちである。高いビルの建築などで活躍する。しかし、いま不心得な人間がいて構造偽装の共犯のような危うい立場にある。この清冽な一句が、それを晴らすのではあるまいか。

［略歴］やまぐち・さなえ

一九三七（昭12）年、東京都生まれ。昭62年、ふあうすと川柳社同人。平10年、東京白帆吟社同人。平15年、川柳公論朱雀会会員。平16年、川柳公論朱談会会員。平17年、川柳公論時事フォーラム創立会員。平16年、川柳公論（日）優秀作品賞、合同句集十四字詩（風）。

［作者からのメッセージ］

通いなれた駅のホームでいつもみていた商店街。永遠にそこにあると思いこんでいた景色が、あるときふっと消えていた。夕焼けの中更地には、クレーン車が征服者のごとく、立ちはだかっている。

刻々と変わる世の中の一部を切り取り、それに自分の中の思いやリズムを乗せる、川柳は自分のために書いている。又人様の川柳の中に飛び込み、追体験を通じての感動や共感を得るとき、川柳ってよい、人生っていとしいと思っている。

［作品］

女人高野一つの椀に一つの海

表面張力女一斉に喋る

紫陽花が続く鏡の出入り口

口から生まれて転がっているわたし

ゼロの漂流オペ室は雨模様

奇形矩形の耳が集まる八月忌

正門を開けて大儀とそこらまで

シングルの分かりやすさで百合開く

戦車くる生理学科の夕まぐれ

光秀の音でセロリを丸かじり

落ちる落ちると他人から見つめられ

プライドに触れぬミルクの温め方

左右対称にこだわっている足の指

閉じ籠る部屋に巨大化するりんご

待つという空間にある冬の茄子

魚屋と死ぬ話する変な空

負け犬と回転ドアへすべり込む

びっしりと枇杷びっしりと死者の眸

眼鏡屋に借りた眼鏡で人を見る

手振れする画像とうまく老いていく

## 酒もたばこもどうぞ他人の旦那さま　　山倉　洋子

［出典］柳都川柳叢書第８集『卑弥呼氾濫』（柳都川柳社、二〇〇三年）

［鑑賞］第一句集『卑弥呼』に続く第二句集『卑弥呼氾濫』に収められた作品。

まさしくそのタイトルにふさわしく軽快かつ痛快な一句である。

この句のおもしろさは、前半の「酒もたばこもどうぞ」の会話体で読者をオヤッと思わせたのち、「他人の旦那さま」と相手コート深くスパイクを打ち込んでいる点であろう。川柳の得意技と言ってもよいのだが、このスピード技は、かなりの練習を積まないと繰り出せない。

作者自身が歩んで来た人生観が凝縮して出てくるからである。

邪馬台国の女王「卑弥呼」にあこがれる作者は、いま酒どころ新潟でさけ店（みせ）を営む。日々の生活の中で繰りひろげられる人間模様は、即川柳の題材となる。「わたしの好きな旦那さま」であれば、酒は控えよ、たばこは止めよとなるのであろうが、そこを「酒もたばこもどうぞ」と突き放して見せる。

クールな表現の裏には、深い深い人間愛。もうちょっと突っ込んで言えば男と女との愛憎が沈潜していると言えないだろうか。

［略歴］やまくら・ようこ

一九四二（昭17）年、新潟県五泉市生まれ。同地で酒処「蕗」経営。昭51年頃より川柳を作り始める。昭56年、柳都賞。昭57年、紋太賞。平3年、新潟県民芸術祭賞。平9年、第2回オール川柳大賞受賞。現在、柳都川柳社同人。新潟川柳文芸社同人。㈳全日本川柳協会常任幹事。句集に『卑弥呼』『卑弥呼氾濫』。

［作者からのメッセージ］

思い込みの激しい性格を、時々うとましく思ったり哀しく思ったりしている。そんな性格を持て余しぎみになると、静かに熱く火縄銃のごとく五七五が炸裂する。

話下手、口下手な私に川柳は一番の友であり理解者である。

[作品]

恋は稲妻蛍百匹焼きころす

新人へ小姑らしき癖がでる

ままならいた姉をズズズと押してやる

乾杯の形で男果てていく

憎まれているこの確かなる存在感

風に目を細めて未だ男好き

乳くさい男を黙殺して帰る

こめかみの傷を証せば長い冬

靴の底抜ける風ありひとりの訃

梅干にわたし一人の労働歌

低音に弱いわたしのひだり耳

一票が叫ぶ犬じゃない猫じゃない

砂けむり略奪婚に憧れる

火を抱いたままの形で灰になる

悔しいが馬鹿な男と二、三年

無精卵本気で抱いておりました

夕茜むかし憎んだ母の紅

呼び捨てにされた嬉しいさし向い

蛍籠小さな愛でいいのです

師はひとり受話器を伝う風の音

## まだ修羅場くぐるつもりのコンパクト　山崎　美和子

［出典］「川柳えんぴつ」平成十七年二月号（川柳えんぴつ社、二〇〇五年）

［鑑賞］コンパクトは、いうまでもなく女性の携帯用化粧用具のことであり、身近なものだけに詠まれた句も多い。だが、この句はそういった類想句を抜けて気迫が感じられる。それは、前半からの場面設定によるものであろう。「まだ修羅場くぐるつもり」という明確な意思表示があるからと言える。

作品は、当然ながら作者のたどって来た人生の経験や主張の投影があってはじめて作者の句と言えるのであって、そういう背景が感じられないものに読者が感動するはずはない。女性にとって、コンパクトとハンドバッグとかがどれほどの意味や執着心があるか、男性が推しはかることができない境地であると思う。

コンパクトの蓋の裏には鏡がついている。女性は毎日その鏡を通して自分と対面する。顔の表面だけではなく、自分の心とも向き合うすごさ。男子禁制の聖域ではなかろうか。「修羅」は仏教語で「阿修羅王」の略。「修羅場」は、その阿修羅王と帝釈天との闘いの場で、戦争や闘争の場面を意味する。そこをくぐり抜けて生きて行こうという作者の強い意志が感じられる一句である。

[略歴] **やまざき・みわこ**

一九三七（昭12）年、富山県生まれ。川柳えんぴつ社同人。川柳えんぴつ社委員。川柳えんぴつさわらび会会長。川柳オアシス社会員。札幌川柳社同人。

[作者からのメッセージ]

同居していた実母に加えて、夫の両親が一緒に住むことになったのは私が四十歳の頃。

老人三人の暮らしから、いつか自分も辿る老いの日へ何か趣味をと思った時に、新聞紙上の川柳に興味がわき投句するようになった。

知れば知る程、広くて深い川柳の道で、迷いながら楽しんだり苦しんだりの二十余年の月日を重ねてきた今、沢山の柳友に恵まれ、お陰で気持ちだけはいつまでも若いつもりにさせてもらい心より感謝しています。

［作品］

抜け殻におんなは未練詰めて老い

かろうじて乳房に残る火の破片

標的にされなくなった首の冷え

絵に描くと嘘はろはろと花になる

女だと思う哀しい鬼の舞い

急がねば敵を欺く花が散る

花束のバラ慢心を突きにくる

一途さは誰にも負けぬ枯尾花

頭数に入れて欲しくて妥協する

生き下手でいつも本気の疵を持つ

良妻を真似ると膝が笑い出す
薄味の愛ほどほどに歩を合わせ
普段着のおんなに戻り渇き出す
火の予感抱いてゆっくり紅をひく
分別のところどころにある迷い
寂しさにひとの真似などして寒い
美しい言葉で距離をあけておく
フライパン種も仕掛けも尽きた愛
あなたの中のわたしはとうにエキストラ
飾りボタンの位置で詮無い炎を溜める

## 戒厳令ちょっとそこまでパン買いに　山田　ゆみ葉

［出典］『山田ゆみ葉30句集』（私家版、二〇〇六年）

［鑑賞］おもしろい句である。おもしろいと評されることを嫌う人もいるが、これは最高の誉めことば。「戒厳令」とは、国内が非常事態になった時に、国の権限、つまり立法・司法・行政の全部または一部を軍隊に委ねる命令を言う。政情不安な国やクーデターが起きた時に治安維持のために出される。わが国でも旧憲法下では行われた暗い側面。

そんなお堅いことばに続いて「ちょっとそこまでパン買いに」と軽めの日常語でつないだ落差の大きさがこの句の見せ場。それを演出して見せる作者のユーモアと反骨精神がすごい。確かに戒厳令下でも、市民の生活維持の最小限の外出は許されるだろう。それも現場にいる兵士の裁量次第ではあるが。

実際には、危険物を所持していないかを確かめられた上に、目的や行き先を問い詰められよう。しかし多くは若い男性の兵士たち、女性からにこやかにお願いされると許すに違いないというシナリオ。「ちょっとそこまで」のあいまい語がピリッと利く。同じ集に「ルミノール洗い流したはずなのに」もあってドキリ。作者の武器ブラックユーモアと気付く。現代を自在に風刺する女流である。

［略歴］ **やまだ・ゆみは**

一九五一（昭26）年、石川県生まれ。平12年、川柳を始める。所属なし。

［作者からのメッセージ］

癌を告知されたとき、その闘病記を数冊読んだ。そして、「何も悪いことをして来なかったのに」という定番の嘆きに違和感を持った。私は、かなりの嘘をつき、ときに裏切り、無意識の場合も含めて、人を傷つけてきた自分を知っていたからである。そんな嘆きを言えるのは、ほんまもんの善人か、よっぽど鈍い人のどちらかだろうと思った。私の川柳の源は、どうやらその辺りにあるようだと、思うこの頃である。

[作品]

しゃんしゃんの手拍子誰か泣いてるな
原っぱにされてしまった胸である
門外不出いつか殴ってやるリスト
夢の僕はいつもスコップ持っている
引き止めてほしい蓋から鼻濁音
フロイトのまことしやかな尻を蹴る
ルミノール洗い流したはずなのに
くぐらねばならぬ炎の輪が騒ぐ
やわらかなクレーンに頬を挟まれる
目覚めたらなぜか戸板の上だった

お白州のむしろは空を飛びたがる

行きかけて笑ってみせるメッセージ

水の中のティッシュあきらめてはいない

生わさび醤ってごらんハムレット

背後霊へ振り向きざまにキスをする

文化なら腹にしっかり巻いてある

新体操お見せしましょう舌の先

鰭をはぎ引換券と致します

着ぐるみの中でまったりしてしまう

ＰＥＲＩＯＤがべたつく音でやってきた

# 碧空や娘二人を産みました

山部　牧子

〔出典〕『山部牧子新作30句集』（私家版、二〇〇六年）

〔鑑賞〕男性から見て絶対に女性にかなわないと思うものに、子どもの出産がある。神様が授け給うた性差である。女性の胎内にいのちが宿ってからの約10ヶ月、男性が体験し得ない状況の中でいのちを少しずつ少しずつはぐくみ、月満ちて産まれてくる子ども。生命の神秘に触れる瞬間が待っている。

掲出句の「碧空や」という叫びは、それを感覚的に表現したものに違いない。「や」という切れ字をあえて使ったのも、決して誇張ではなく、そう言わなければ伝えきれないものがあふれ出た結果であろう。「青空」や「青い空」でもない、作者がたったひとりで感じた「碧空」なのである。生まれ出てくる子が男性であっても女性であっても母と子の絆は変わりない。ただ長ずるに従って、息子と娘とは接しかたに差が出てくる。当然のことながら、息子は異性、娘は同性なのである。

娘は、いわば自分のコピー。ＤＮＡに微妙な違いはあっても、同性としての同感と反感を共有する。作者は「娘二人」に恵まれた。そのことを誇りに思っていることは間違いないが、成長すれば別人格。その後の人生は生き抜いて見なければの思いが言外にある。

［略歴］ やまべ・まきこ

一九四二（昭17）年、大阪府生まれ。昭56年、名古屋、川柳みどり会へ入る。平7年、「川柳人間座」座員。平11年、西日本文化サークル川柳教室。句集に、『夢の花籠』（みどり選書）。

［作者からのメッセージ］

川柳の世界に入ってかなりの年月が過ぎた。その間に川柳についてどれだけ考えた時間があったろう。

日常という時間に身を置き、どれだけのことに左右され迷いながら、一日一日はいやおうなく流れてゆく。その時川柳が産まれる。音もなく、静かな中で。川柳は私にとって無くてはならない大切な秘境でもある。

［作品］

私の毛穴ひとりの水を吸う

頬づえや歴史は一人繰りなさい

ありがとう絵ろう燭も老いてゆく

とれたての桃を一人で食べている

童話から抜けないままの指の棘

薄情を生きぬいてきた青い鳥

丁重なあいさつをされ水濁る

仮の世の水に流され藻に流れ

花火の粉遠ざけている指がある

あの人も同じ淋しさ芝居見る

流木の話はしない砂の音
あの雲に抱かれたままの生年月日
家族写真魂すうっーと抜けてゆく
まっすぐな御恩でしょうか麦の青
鬼ごっこしながら寒の森をゆく
風に向く鶴の足首折りました
遠い日の楽章探し目を閉じる
みぞおちに微かな自閉桜咲く
パン焼ける歴史の朝の空白で
畝沿いに歩く人の世が好きと

## おふたりという日本語のあたたかさ　山本　希久子

［出典］創刊80周年記念句集『川柳塔』（川柳塔社、二〇〇四年）

［鑑賞］ちょっと不思議な雰囲気を持った作品である。「美しい日本語」という本が売れ、日本語シリーズの本が続々と出てくるのはどうしたことだろう。いつも何気なく使っていることばを見直してみようということかも知れない。私が好きなことばは「おおきに」であるが、これは京都弁というか、関西地方でよく使われることばのようである。

「おふたり」ということばは、「ひとり」に敬語の「お」をつけただけのことだが、抵抗なく受け入れられるのは、人と人のきずなのはじまりだからであろう。そう言えば、「人」という字は、人間がふたりで支え合う形になっている。ひとりでは味わえない感情の交流がある最低単位が「ふたり」である。

このごろ若い世代に「おたく族」が多くなって対人関係が苦手という人が増えて来ている。管理社会の息苦しさから逃げ出す、ニートと称する人たちや引きこもり症候群が出て来るのは、決して健全な社会とは言えないだろう。作者は、「おふたり」をあたたかいことばと感じる。同じ集の中の「たくさん笑いちょっぴり泣いて生きてゆく」という句のように人の情けに生きるという信条に違いない。

[略歴] **やまもと・きくこ**

一九三五（昭10）年、京都市生まれ。昭62年、川柳を始める。平3年、川柳塔同人、川柳塔社常任理事。

[作者からのメッセージ]

私の居場所は我が家の狭いキッチン。小さく世間を生きている一主婦ですが、川柳の世界ではのびのび手足を伸ばすことができます。
五七五の世界は広くて自由。普段着の私、装った私、迷っている私、夢あり空想あり、過去へ戻ったり、未来を駈けたり、他人になりすましたりして楽しく作句をしています。
一句の中に「わたくし」が存在するか、想いが入っているか等、自問自答しながら、キッチンの片隅で生まれる私の川柳です。

［作品］キッチン発私の風送ります

妻の皿家族まあるく盛っておく

三百六十五日ていねいに米を研ぐ

風の街　耳から先に冬になる

八月のポストは波の音がする

白い秋　意に添わぬまま流れゆく

ブランドに身を固めてる負けている

友達を数えて森へ来てしまう

残り火をスパークさせて生きてみる

こころとは別の言葉がでてしまう

明快な答卵をポンと割る
純愛とサラダの好きな女です
狩人のふところ深くいる私
傷ひとつかばってからの転び癖
体当たりされてハートを盗まれた
バラの香にむせて忘れる現在地
花散らす風の懺悔を聞いてやる
自分史の余白に抱いている炎
終章へ笑顔を溜めておきましょう
てのひらの望みこぼさぬよう走る

# 壊れるまで溶く群青　祖国とは

山本　三香子

［出典］『山本三香子30句集』（私家版、二〇〇六年）

［鑑賞］まず「群青」「祖国」というひびきの強い非日常語の意味するものを探らねばなるまい。「群青」は「あざやかな藍色（の顔料）」で「祖国」は「祖先以来住んでいる自分の国。母国」（『新明解国語辞典』第六版、三省堂）である。それが作者にかかわって何を意味し、どう結びつくかは別の謎解きとなる。一読明解派からは難解句として切り捨てられるのであろうが、それはこころざしのある読者のすべき道ではない。「群青」は別名「ウルトラマリンブルー」とも言い「藍よりも青く」映る海または空の色である。パレットに絵筆で溶かしている至福の時間。四面を海に囲まれた島で暮らす作者にとって行き着くところが、この国、「祖国」であったろう。

「祖国とは」と問いを発する時、戦中世代には戦争の記憶を避けて通れないが、ずっと若い作者はどう受け止めるのであろうか。

マッチ擦るつかのま海に霧ふかし
見捨つるほどの祖国はありや　　寺山修司

日本脱出したし　皇帝ペンギンも
皇帝ペンギン飼育係りも　　塚本邦雄

ジャンルを超えて迫ってくる二首。「壊れるまで溶く群青」と詠む意識に近い。

［略歴］　**やまもと・みかこ**
一九六一（昭36）年、高知県生まれ。川柳木馬ぐるーぷ所属。バックストローク同人。

［作者からのメッセージ］
いつの頃からか、青色が好きになった。
深い海の色、底になにが潜んでいるかわからない青、荒天には一瞬にして黒く染まる非情さ。自分がなぜ存在しているのかわからない。孤独な苦しみの中で、青色を追い求めるうちに、青は私自身になった。
何のために考え、何のために求め、何のために生きているのか。私は今も青を溶き続けている。

［作品］

尋ねきて蛍　放電するものは

ひらく手のいつから青い水鏡

両の手にいつもの水輪　逢いにゆく

ひたすらに絵の具溶く切なくなるまで

折鶴の指先逸れて痛いもの

桜は完璧それからの死を思う

のど元を透き通らせて月を手に

聞き分けのない孤独その来る匂い

少年と空き瓶並べる指の先

傷あぐね　あれから夜景の中にいる

砦のかたちして夜話を君と
碧眼の寂しい壺にまた出会う
吸い込まれそうに怠惰な君の群れ
あやかしも月も真実この器から
水音はそんな夜更けの愚かさで
経典の君は飽くなき肉になる
砦のように　でも僕らは待っていた
そのまま降りてくる君の居場所
愛はある楽園の落ちてゆく彼方
蝶のかたちして半身水を抜く

## うめももさくら出発の時間です

山本　乱

［出典］『二〇〇六年賀状作品』（私家版、二〇〇六年）

［鑑賞］愉快な句である。賀状の四隅に四姿の犬のカット。A HAPPY NEW YEARと添えた中央にこの作品が書かれてある。まさしく年頭にふさわしい一句。

なぜ愉快かと言うと、「うめ」も「もも」も「さくら」も四季に咲く花木。俳句ではそれぞれ一つを取り出して季語として創作をする。ところが川柳では、それをまとめて面倒見ようというのである。季がいくつ重なっても結構といっている。これで思い出すのは、先達の川上三太郎の言。どこまでが俳句で、どこからが川柳か議論が白熱した時、「じゃあ俳句の方からここまでが俳句と決めてくれ。残りは全部川柳でもらう」と言ったそうである。ボーダーレス時代の現代から見て興味ある話ではないか。掲出句のもととなる発想も同じようなもの。すべてを人間に結びつけて考える。そんな自由奔放さが川柳の魅力である。もちろん韻律詩としての基本はおさえるが、その他は一切自由。このごろ川柳はこうあらねばと決めつける方もいるが、そんな窮屈なものではなかろう。「うめ」「もも」「さくら」で足りなければ「つつじ」も「ばら」も入れようか。「皆さま出発の時間ですよ」とツアーコンダクターの声が聞こえる。

［略歴］　**やまもと・らん**

一九四四（昭19）年、大牟田市生まれ。番傘川柳本社同人。川柳人間座同人。大牟田川柳連合会会長。『現代川柳の精鋭たち』28人集参加。

［作者からのメッセージ］

子育てに追われていた日々の中で、気がつくと川柳が歩み寄ってきてくれたように思う。

のめりこむタイプである。見境もなく走り出していた。

柔らかい布がゆったりと体に馴染むように、読者から作者になっていた。

［作品］

椿地に笑い転げてホホホホホ
まだ息をしている落ちている椿
椿を踏んで椿の声を閉じこめる
のほほんと男が揺れるから揺れる
薄味の男で丁度いいくらい
箸先で崩す男の論理など
全身が熱くなるまで眼を瞑る
薔薇抱きたまえ有刺鉄線抱きたまえ
右手ぬーっと出して生活費をもらう
笑ってはいられないけど笑うのよ

ジージャンを着て年金を戴きぬ

ないものはないから星を見て行って

喋っていたらわたくしのことだった

雨があがってごめんなさいを言いに行く

生きていることの詫状ばかり書く

ここからは一人で角を曲がるのよ

如月の夜へひらりと身を躱す

寝返りを打ってこの世にまた戻る

影のゆく方へふらふら従いてゆく

パンは焼きあがるスクワットも終わる

# 林檎煮るあしたは雪にかわる雨

吉田　州花

［出典］『第23回川柳Z賞入選作品集』（川柳Z賞選考委員会、二〇〇五年）

［鑑賞］掲出句は、第23回川柳Z賞大賞を得た群作三〇句の中の作品。川柳Z賞は東北地方の篤志家が設立した全国公募の定評ある作家賞。青森県に生まれ育った作者にとって林檎はかけがえのない果物。バラ科の果樹で寒地に適することから東北地方で多く栽培されている。真っ赤な林檎と真っ白な雪。このコントラストの鮮やかさは、作者が幼いころから馴れ親しんだものに違いない。その林檎をキッチンに立ってとろ火でちりちりと煮つめてジャムにする。「林檎煮る」はまさに青森の地に生きる女性の日常的風景であろう。「雪虫に先の三日を問うたとて」など群作の中でも雪にかかわる句が光彩を放っている。骨太の風土性そしてしっとりとした情感で詠み上げる確かなテクニックが読者を別世界へと誘う。北国の冬は早い。ポツリとてのひらに落ちた一粒の雨。それを「あしたは雪にかわる雨」と詠み放つ感性は「言(こと)の葉(は)を

歩く」という作者の創作姿勢から発している。

[略歴] **よしだ・しゅうか**

一九三九年(昭14年)、青森県生まれ。昭51年より川柳を始める。第5回北貌賞・第2回北蒼賞、第23回川柳Z賞大賞を受賞。かもしか川柳社同人を経て、現在、川柳双眸社幹事。現代川柳新思潮会員。青森県文芸協会理事。青森ペンクラブ会員。句集に『花影』句文集『雪舞い』『転がる栗』。『ひなたみず』上梓予定。

[作者からのメッセージ]

今さらながら、川柳から与えられたものの多さに驚いている。

いつの間にか、私の中の川柳は細い青竹の支柱からゆるぎない太い柱に育ってしまった。

書くことによって支えられていた私が、書いた句達に支えられて、今歩いている。

「書く」という行為は、本当の自分に出逢って行く旅なのかも知れない。

[作品] あざやかに左封じの紋白蝶

いきなり根雪　土曜のままの舫い船

掌にたまる画鋲　大雪注意報

雪止んで転がるイミテーションダイヤ

ふきのとう私を起さない朝日

抱きころす卯月八日の花供養

回航の桜なりけり髪のしろがね

書き残す鬱金桜とのご縁

綿毛たんぽぽ長男の掌の行方

野を犯す蝶を育てている母の

ころころと笑い返すは青すぐり

じゃらんじゃらんと葛は実ってゆくばかり

たおたおとコスモス終のバスを待つ

立秋の握り拳の青きしたたり

月光をわける埴輪の馬の背は

弾ければ柘榴　秘しては花はこべ

五線譜に霰どんぐりつぎからつぎ

霜月の目薬ぽとり沖へ漕ぐ舟

帯の長さは変わっていない涅槃月

鳥の死は話さぬままに今も鈴

# 非常ベルのありかを指に言い聞かす　　渡辺　梢

［出典］「川柳研究」平成十七年十一月号（川柳研究社、二〇〇五年）

［鑑賞］「非常」は、その字のように「常に非ざる」状態の事である。平常の反対で、非常時、非常口、非常ベルへとたどり着く。設置してある場所は、学校・病院・ホテル・銀行・劇場など人が多く出入りするところであろう。掲出句のモデルはどのようなところかは想像するほかない。仮に学校であるとすると、これは大変。大切な児童を預かる教職員の責任は重い。昨今のように学校現場での危難が多発している時代は、この句がきわめて現実味を帯びる。作品の迫力は後半の「指に言い聞かす」にある。ここからが文芸としての心象的描写にあたるからである。そういう事態に遭遇した時に、自分はためらわず押すことができるだろうか――そういう自問自答であろう。

いや、もっと突っ込んで考えると、作者自身の内にある生への不安感とか、いつか訪れるであろう死への向き合いかたを問うているのではないか。女性作家のすぐれた心象表現力によって、川柳の世界も人間の内面へと拡がって来た一句と言えそうである。

［略歴］わたなべ・こずえ
一九三八（昭13）年、宮城県生まれ。昭55年、朝日新聞川柳欄に投句。昭57年、「矢切川柳会」現（松戸川柳会）に入会、浅田扇啄坊に師事。平2年、「川柳研究社」に入会、渡邊蓮夫に師事。平6年幹事。平9年、第28回川上三太郎賞受賞。同年「川柳大学会員」。平15年退会。現在、川柳研究社編集部員。㈳全日本川柳協会常任幹事。

［作者からのメッセージ］
この頃になって、自分の川柳の位置が見えてきた。それはあきらめとも言えて、ポジティブな展開ではないのが残念ではあるけれど。「批判力」や「怒」の力が衰えて、自己の内面に逃げてしまう甘ったれの川柳に変わってしまった。「負のエリア」に居る心地よさから抜け出せない、もどかしさと肯定。「非常ベル」は特定の場所ではなく、心象のものである。不安だ、不安だと騒ぎ立てることで得る安心感。その矛盾と屈折の中で川柳を吐いているのだと思う。

[作品]

木の靴でガラスの街に住み馴れる

木の芽花の芽　焦がしてしまうフライパン

沼を出たくて雑踏をかき分ける

中途はんぱな雷　負けるかも知れぬ

試し斬りばかりで森を抜けてきた

濡れている道へ道へと逸れる毬

雨ばかり食べて儚い骨密度

プラカード持てば元気になれそうな

ホイッスルへ乗ってしまった朧月

パニックのたやすさコンセントがない

白い目が涌く反響がやって来た

音域が違うお部屋に通される

私よりも悔しい人へ傘を貸す

実千両序列の外で陽を弾く

花を剪りたい夕べ　たとえば吾亦紅

棲み分けを守り濁り川と暮れる

うらうらと騙し合ってる銀の皿

家族写真　はるかな船を見るように

お祭りが始まる前に巻き戻す

まだ少し陽のある坂で爪を研ぐ

［田口麦彦・著書一覧］

『群羊―川柳でつづる昭和後期』（川柳噴煙吟社、一九七九年）
『やさしい川柳入門』（白馬出版、一九八四年）
『川柳入門・はじめのはじめ』（東京美術、一九八七年）
『昭和紀』川柳句集（北羊館、一九八九年）
『川柳とあそぶ』（実業之日本社、一九九二年）
『麦彦の時事川柳教室』（東京美術、一九九二年）
『現代川柳入門』（飯塚書店、一九九四年）
『川柳技法入門』（飯塚書店、一九九四年）
『時事川柳入門』（飯塚書店、一九九五年）
『川柳こころ遊び』（実業之日本社、一九九六年）
『元気が出る川柳』（葉文館出版、一九九九年）
『川柳表現辞典』（飯塚書店、一九九九年）
『川柳入門・はじめのはじめ』改訂新版（東京美術、二〇〇〇年）
『三省堂現代川柳必携』（三省堂、二〇〇一年）
『三省堂現代川柳鑑賞事典』（三省堂、二〇〇四年）
『楽しみながら上手くなる穴埋め川柳練習帳』（飯塚書店、二〇〇五年）
『笑福川柳　ほのぼの傑作選』（飯塚書店、二〇〇五年）

二〇〇六年一〇月一〇日

# 三省堂 現代女流川柳鑑賞事典

二〇〇六年一〇月一〇日　第一刷発行

編著者——田口麦彦（たぐち・むぎひこ）
発行者——株式会社三省堂〈代表者〉八幡統厚
印刷者——三省堂印刷株式会社
発行所——株式会社三省堂
〒一〇一-八三七一
東京都千代田区三崎町二丁目二十二番十四号
電話＝編集［〇三］三二三〇-九四一一
　　　編集［〇三］三二三〇-九四一二
振替口座＝〇〇一六〇-五四三〇〇
http://www.sanseido.co.jp/

〈現代女流川柳鑑賞・528pp.〉落丁本・乱丁本はお取替えいたします。ISBN4-385-15896-7